HAMBRE

Hamlet

Alberto Vázquez-Figueroa

Barcelona • Madrid • Bogotá • Buenos Aires

HAMBRE

Alberto Vázquez-Figueroa

GRUPO ZETA

Barcelona • Madrid • Bogotá • Buenos Aires • Caracas • México D.F. • Miami • Montevideo • Santiago de Chile

1.ª edición: noviembre 2014

© Alberto Vázquez-Figueroa, 2014
© Ediciones B, S. A., 2014
    Consell de Cent, 425-427 - 08009 Barcelona (España)
    www.edicionesb.com

Printed in Spain
ISBN: 978-84-666-5576-7
DL B 20054-2014

Impreso por LIBERDÚPLEX, S.L.U.
Ctra. BV 2249 Km 7,4 Polígono Torrentfondo
08791 - Sant Llorenç d'Hortons (Barcelona)

I

Según tradiciones que se remontaban a casi veinte generaciones atrás, Dar-khái —«La Piedra Viva»— había caído del cielo otras veinte generaciones atrás, aunque había permanecido oculta en lo más profundo de una duna hasta que el viento arrastró la arena a parajes remotos y un avezado cazador —bisabuelo del bisabuelo del bisabuelo de Samar— la encontró cuando andaba tras el rastro de una manada de antílopes.

No era grande, del tamaño del dedo índice de un hombre adulto, negra, veteada de gris, y tan pulida que resultaba posible reflejarse en ella casi como si fuese metálica.

Fue el propio bisabuelo del bisabuelo del bisabuelo de Samar el primero en advertir que en cuanto empezaba a moverse la piedra se calentaba y no paraba de aumentar de temperatura hasta que se detenía.

Si intentaba continuar en la misma dirección volvía a calentarse, pero si retrocedía o cambiaba de rumbo, se enfriaba.

Con el paso de los años los ancianos llegaron a una curiosa conclusión: La Piedra Viva marcaba la ruta apropiada cuando buscaban agua o buenos pastos y les ayudaba a evitar las emboscadas de salteadores de caminos que intentaran robarles el ganado, o tribus hostiles que pretendieran arrebatarles a sus mujeres.

También se calentaba cuando alguien mentía, lo cual les libraba del peligro de caer bajo la influencia de los fanáticos predicadores islamistas o los algo menos fanáticos misioneros cristianos, puesto que constituía la prueba palpable de la existencia de un poder llegado del confín del universo que no necesitaba palabras para justificar sus actos.

Durante esas veinte generaciones la tribu prosperó bajo la protección de La Piedra Viva pese a que en el transcurso de la última, por culpa de la sequía, el avance del desierto, las interminables guerras entre distintas ideologías políticas o religiosas, el hambre, las enfermedades y la violencia pusieron en peligro su supervivencia como grupo étnico.

No obstante, su fiel protectora continuó señalándoles la ruta a seguir o las personas a evitar, por lo que acabó conduciéndoles a un remoto y fértil valle de abundante agua, ricos pastos y altas montañas que les aislaban de posibles enemigos.

Para colmo de bienes era un lugar en el que no resultaba factible encontrar oro, plata, diamantes, petróleo, árboles de maderas nobles o cualquier otra de las riquezas que despertaban la avaricia de los extraños, ya que su tierra tan solo era tierra que se hacía necesario cultivar allí mismo y aguardar con paciencia a que diera sus frutos.

La tribu parecía haber encontrado al fin el paraíso, que continuó siéndolo hasta que advirtieron que La Piedra Viva, aquella a la que se lo debían todo, languidecía perdiendo lentamente su brillo y amenazando con convertirse en una piedra más entre las millones de piedras que arrastraban los ríos.

Debido a ello, y tras escuchar al viejo hechicero que había dedicado varias semanas a intentar comunicarse con los espíritus de sus antepasados, el Consejo de Ancianos convocó una asamblea en La Gran Casa de La Palabra con el fin de comunicar que había tomado una decisión sin precedentes: «Dar-khái se muere de tristeza porque cayó del cielo con el fin de ayudar a los seres humanos, pero aquí ya no ayuda a nadie y como se lo debemos todo, nuestra obligación es entregársela a quienes la necesiten más que nosotros.»

Las mujeres se cubrieron los cabellos de ceniza, los hombres se lamentaron y los niños lloraron, pero los ancianos se mostraron firmes en su decisión señalando que tanta generosidad tan solo admitía como pago el mismo grado de generosidad.

«Fuera de este bendito valle millones de personas mueren de sed mientras a nosotros nos sobra agua; fuera de este bendito valle millones de personas mueren de hambre mientras a nosotros nos sobra maíz. Pero como viven muy lejos y no podemos llevarles agua o maíz, que a muy pocos conseguirían salvar, debemos llevarles nuestra piedra. El hechicero asegura que en algún lugar del norte, también muy lejos, existe un gran guerrero digno de nuestra piedra, y por lo tanto hemos elegido a Samar, que es el muchacho más fuerte e inteligente de la tribu, para que vaya en su busca y le suplique que acuda en ayuda de los desheredados. Dar-khái le conducirá hasta donde quiera que se encuentre.»

El joven Samar abandonó el valle, atravesó las montañas, las praderas y las selvas, llegó a los límites del desierto y se unió a una veintena de famélicos caminantes que se dirigían al norte, y aunque la mayoría murió en la inmensidad del Sahara, él consiguió seguir adelante hasta que cayó en manos de contrabandistas que lo retuvieron contra su voluntad obligándole a trabajar en condiciones infrahumanas.

Pasó varios meses transportando pesados fardos a través de la frontera entre Argelia y Níger, siempre vigilado por hombres fuertemente armados que a menudo le azotaban, hasta que un bendito día, y aprovechando el desconcierto provocado por una súbita tormenta de arena, consiguió escapar con ayuda de La Piedra Viva.

Se ocultó en una diminuta guarida de zorros durante cuatro días porque cada vez que intentaba salir la piedra se calentaba advirtiéndole que aún seguía en peligro.

La sed le atormentaba pero por las noches colocaba al aire libre, protegidas del viento, dos pequeñas cazoletas metálicas muy planas que siempre llevaba colgando al cuello.

Aquel era un viejo truco que su tribu había aprendido mucho tiempo atrás de los sufridos habitantes de las tierras vacías. Con el paulatino descenso de las temperaturas aumentaba la humedad y el rocío se iba depositando sobre las cazoletas de forma que poco antes del amanecer, antes de que regresara el calor, contenían un poco de agua, pero solo la suficiente como para sobrevivir a condición de que durante el día no consumiera energías.

No obstante, al mediodía, cuando la temperatura alcanzaba los cincuenta grados, casi perdía el conocimiento, pero el recuerdo de las palabras de los ancianos le mantenía alerta y al fin una noche pudo reiniciar la marcha siempre hacia el norte, en busca del valiente guerrero que según el hechicero salvaría a los hambrientos.

Una hiena le seguía, aventado el olor de la muerte, pero entre las muchas cosas que le había enseñado su padre estaba el imitar los gruñidos de un leopardo cuando se dispone a atacar en las tinieblas, y no había hiena en las sabanas, las selvas o los desiertos que no escapara con el rabo entre las piernas al oírlo.

Cerró por un momento el manuscrito tratando de imaginar lo que cruzaría por la mente de un muchacho que estaba padeciendo tal cúmulo de calamidades, puesto que como solía suceder cuando tenía que traducir un libro, intentaba captar el ambiente en que se desarrollaba la acción, pero sobre todo intentaba captar el espíritu que animaba a sus protagonistas.

Esa constituía sin duda la parte más difícil de su trabajo, ya que el resto eran palabras, aunque en este caso no le habían pedido que tradujera un libro ya editado, sino que opinara sobre el primer capítulo de una historia que había impresionado vivamente a su editor.

Ante su vista se extendía un hermoso paisaje de verdes planicies surcadas por riachuelos a cuyas orillas se alzaban hileras de olmos, higueras y castaños, dominado todo ello por altas montañas en cuyas cimas refulgía la nieve, un lugar tan alejado del desierto, el calor, las hienas o la sed, que sus esfuerzos de imaginación resultaban inútiles dado que la imaginación resulta tanto más limitada cuando más real suele ser lo que se pretende imaginar.

Como tan acertadamente asegurara el gran Kabir Suleiman en su famoso *Manual de las Derrotas*: «Al iluso le resulta más sencillo crear lo inexistente que recrear lo que ya existe.»

Siempre había aceptado como válida tan tajante premisa, por lo que se sumergió de nuevo en la lectura:

Días más tarde, ya extenuado, alcanzó un lugar en el que hombres blancos, negros y amarillos buscaban petróleo a base de provocar pequeñas explosiones y estudiar sus ecos con un sinfín de aparatos.

Lo cuidaron, le proporcionaron agua, comida, un casco de metal y un mono gris, por lo que trabajó para ellos durante no recordaba cuánto tiempo.

Sabía que necesitaba recuperar fuerzas porque el camino aún era largo, y pese a que le constaba que en la región abundaban los extremistas islámicos, se sentía seguro debido a que les protegían una veintena de soldados fuertemente armados.

Engordó seis kilos y aprendió a manejar explosivos y a entenderse con blancos y amarillos casi tan bien como se entendía con los de su propia raza.

Todo parecía estar a su favor hasta que una noche se despertó al advertir que Dar-khái se calentaba y lo hacía de una forma inusitada.

Semejante reacción no era normal, por lo que abandonó el barracón y salió a observar lo que ocurría en el exterior.

Una delgada luna en creciente se alzaba un cuarto en el horizonte y más allá de las luces que marcaban los límites del enorme campamento apenas se distinguían las siluetas de las dunas.

No parecía existir razón para inquietarse, pero La Piedra Viva casi ardía, por lo que de improviso, y casi sin pensarlo, comenzó a gritar «¡Alarma!, ¡Alarma!», en todos los idiomas en que se sentía capaz de hacerlo.

A los pocos minutos el lugar era un infierno de explosiones, disparos, órdenes, maldiciones, alaridos, gritos de angustia y llanto de moribundos. Una granada voló en pedazos el mayor de los barracones, dos soldados cayeron abatidos por ráfagas que llegaban desde las lejanas dunas, y los terroristas aprovechaban las tinieblas con el fin de aproximarse y lanzar bombas de mano con ayuda de primitivas hondas.

Junto al ardor de la piedra Samar experimentó la quemadura producida por una bala que le había rozado la pantorrilla, por lo que cayó de costado apretando los dientes aunque sin pedir auxilio, puesto que en aquella situación nadie estaba obligado a preocuparse más que de sí mismo.

Todos sabían que si los extremistas conseguían entrar en el campamento los pasarían a cuchillo sin importarles la edad, el color de su piel, ni su forma de alabar a Dios, debido a que el fanatismo religioso barría el mundo, destruyendo y matando desde el corazón de las ciudades más pobladas hasta el último rincón del desierto más desierto.

Se arrastró dejando tras de sí un reguero de sangre, intentando encontrar un arma con la que defenderse, pero a los pocos metros advirtió que ahora tan solo sentía la quemadura de la herida debido a que la piedra se iba enfriando lentamente.

Al poco cesaron los disparos y a su alrededor quedaron seis cadáveres, una decena de heridos y un campamento convertido en ruinas.

Comprendió que había llegado el momento de reemprender la marcha rumbo al norte, en busca del mítico guerrero que salvaría al mundo, y al cabo de diez días avistó el mar.

¡Era tan grande! ¡Y tan inestable!

Estaba acostumbrado a la inmensidad del desierto, pero en el desierto la arena ofrecía casi siempre un punto en el que apoyarse, mientras que en aquella otra inmensidad sin horizontes, los pies se hundían y la angustia se aferraba a la garganta como los colmillos de un león que no cejaría en su empeño hasta que a los pulmones no llegara ni un soplo de aire.

Se sentó en la orilla y comenzó a llorar.

Al fin y al cabo tan solo tenía quince años.

Cerró de nuevo el manuscrito.

Ahora sí que alcanzaba a comprender lo que experimentaba el pobre Samar, puesto que a él le aterrorizaba el mar hasta el punto que jamás había aceptado aproximarse a menos de diez metros de sus orillas y le había resultado imposible aprender a nadar.

Dejando a un lado la comprensible sensación de angustia ante semejante barrera, a su modo de ver infranqueable, también resultaba harto difícil penetrar en la mente de un chicuelo que pertenecía a un mundo que constituía casi las antípodas del suyo, pese a lo cual se enfrentaba descarada e insistentemente a la muerte con el único fin de suplicar a un imaginario guerrero que persistiera en su lucha contra el hambre y la injusticia.

Se vio obligado a admitir que como inicio de un relato de aventuras aquella historia poseía una innegable fuerza, aunque sabía mejor que nadie que proliferaban las historias que prometían mucho en sus primeras páginas pero acababan decepcionando porque, a semejanza de los globos, una novela nunca ascendía si no se la hinchaba lo suficiente, pero demasiado a menudo estallaba por exceso de presión.

No obstante, el editor, que siempre había demostrado saber lo que se traía entre manos, gracias a lo cual había conseguido amasar una considerable fortuna, parecía fascinado por las andanzas de aquel osado rapaz inasequible al desaliento.

Sus lágrimas tenían el mismo sabor que aquella «agua inútil», que no servía para hacer crecer el maíz sino para agostar los campos y matar de sed a los animales, ya que según los ancianos no era el agua de los dioses sino de los demonios que la utilizaban para que actuara como una extensa barrera entre los hombres, fueran de la raza o el color que fuesen.

Según otra vieja leyenda, en un principio los dioses habían creado los mares de agua dulce con el fin de que las tierras que los circundaban se transformaran en auténticos paraísos, pero posteriormente los demonios los llenaron de sal con el fin de convertirlos en infiernos.

Samar tan solo dejó de llorar en el momento en que distinguió una barca desde la que tres pescadores lanzaban redes. Agitó los brazos llamando su atención y cuando acudieron les ofreció la mitad de cuanto había ganado trabajando en los campos petrolíferos si le trasladaban a la otra orilla.

Le recriminaron por la estúpida imprudencia al mostrar tanto dinero a desconocidos que hubieran podido robarle y arrojarle al agua cuando se encontraran mar adentro, pero les respondió con firmeza y desparpajo que sabía que eran hombres honrados porque de lo contrario «su piedra» se lo habría advertido.

La respuesta del patrón de la nave dejó de manifiesto el sentir de sus compañeros de faena:

—Este debe de ser el negro más loco de los miles de negros locos que cada año se arriesgan a cruzar el mar. ¿Adónde vas?

—A luchar contra el hambre.

—En aquel cesto encontrarás pan y queso.

—No es contra mi hambre contra la que lucho; sino contra la de muchos.

Extrajo de la mochila pan, queso, jamón y una cantimplora de vino de sus propias viñas, almorzó muy despacio mientras seguía con la mirada el desplazamiento de una nube con forma de borrico de enormes orejas, e intentó una vez más introducirse en la piel de un chicuelo que aspiraba a luchar «contra el hambre de muchos» sin más ayuda que los restos de un meteorito que había caído del cielo cientos de años atrás.

Se trataba sin duda del negro más loco de los miles de negros locos que cada año se arriesgaban a cruzar el mar, pero no podía por menos de preguntarse quién diantres sería aquel lejano y misterioso guerrero al que tenía que entregarle una piedra.

Y es que no eran aquellos tiempos propicios para valientes guerreros decididos a enfrentarse a mil peligros ni para que proliferasen héroes de leyenda que vertieran su sangre en beneficio de los olvidados. Más bien eran tiempos de ladinos políticos, avariciosos banqueros y explotadores empresarios.

En un imaginario cuadro que reflejase los primeros años del nuevo siglo tan solo podrían encontrarse tonalidades grises, paisajes grises, hombres grises e ideas grises, sin un solo destello de color, ingenio, alegría o esperanza.

Podría decirse que el largo día de la humanidad había culminado en un atardecer plomizo, deteniéndose en él sin permitir que alcanzara a llegar la oscuridad de la noche.

Aquella había sido siempre la hora predilecta de los mosquitos.

Recordaba haber traducido años atrás un libro en

el que se contaba cómo nubes de mosquitos ocultaban el sol en los atardeceres de las salinas del desierto. Según su autor, podían desangrar y acabar matando a quien no consiguiera protegerse, y aunque tal vez se tratase de una exageración, existía una notable similitud entre aquellas fangosas salinas y una sociedad que vivía expuesta a los ataques de millones de anónimos canallas que no experimentaban la menor compasión a la hora de extraerles la sangre a sus víctimas por muy indefensas que se encontraran.

Concluyó su frugal almuerzo, echó un largo trago de vino y se durmió al instante tal como tenía por costumbre cuando pasaba el día en el campo.

Al abrir los ojos casi una hora más tarde, le sorprendió descubrir que por el empinado sendero ascendía sin prisas un vendedor ambulante que llegaba cargado de relojes, gafas de sol, bolsos de imitación y baratijas.

Era un escuálido africano muy joven y en cuanto llegó a su lado, se acuclilló saludándole con una leve inclinación al tiempo que extraía del bolsillo una pequeña piedra negra con vetas grises que le entregó señalando:

—Espero que hagas buen uso de ella.

—¿Y cómo se hace «buen uso» de una piedra?

—Tú sabrás, dado que eres un gran guerrero.

—Nunca he empuñado un arma.

—Un líder no necesita empuñar un arma; tiene que ser su mente la que actúe. Y esa piedra vale más que mil cañones porque marca los caminos y delata a los que mienten. Con tu poder y su ayuda desterrarás el hambre del mundo.

—¿Y qué sabes tú acerca de mi poder?

—Nada, pero si el hechicero dice que lo tienes, es que lo tienes.

—Los hechiceros son hombres, y a menudo los hombres se equivocan.

—Los hombres sí, pero las piedras no, y es Darkhái la que me ha conducido hasta aquí.

Aquel resultaba un argumento harto difícil de rebatir visto que probablemente ningún filósofo se habría planteado con anterioridad que un objeto carente de vida estuviera o no en condiciones de equivocarse.

Era lo que era, y punto.

No obstante, el muchacho se estaba refiriendo a una desconcertante «Piedra Viva», y ningún filósofo se habría planteado que pudiese existir un objeto inanimado que condujera a un ser humano hasta un lugar concreto.

O tal vez sí; tal vez podría considerarse la brújula un precedente a tener en cuenta. Si un trozo de metal imantado poseía la propiedad de girar con el fin de señalar indefectiblemente el punto en que se encontraba el norte, quizás resultara factible que un trozo de roca llegado de otro planeta poseyera propiedades muy singulares.

Se encontraba tan confuso que no pudo por menos de inquirir:

—¿Quién está escribiendo el libro?

—¿Qué libro?

Le mostró las páginas que había leído hasta el momento:

—Este.

—No lo sé; nunca lo había visto.

Al poco se puso en pie, dispuesto a regresar por donde había venido, y volvió a inclinarse en una profunda reverencia con la que al parecer pretendía expresar su admiración y respeto:

—Que los dioses te protejan para que puedas proteger a los hombres.

—¿Adónde vas?

—Vuelvo a casa.

—¿Cruzando el desierto?

—No hay otro camino.

—Pero has pasado todas las penalidades del infierno.

—Cierto, pero ahora será más corto porque regreso con los míos. Les alegrará saber que Dar-khái está en tus manos y acabarás con el hambre del mundo.

—Nadie puede conseguir eso.

—Tú sí. Y estos que te rodean te ayudarán porque algunos de ellos murieron de hambre.

Hablaba de los seres intangibles que a menudo le seguían como si en verdad fueran reales, y cuando le preguntó si conseguía verlos su respuesta le dejó perplejo:

—No los veo, pero sé que están ahí tal como sé que ciertas noches la luna se oculta tras las montañas y no tardará en hacer su aparición. No te preocupes; pronto los verás.

II

Recordaba con espanto la tarde en que una furiosa tormenta se presentó a traición, sin la menor advertencia, tan súbita e inesperada que incluso le cogió desprevenido, a él, que había pasado gran parte de su vida vagabundeando por aquellos parajes.

Cabría imaginar que las negras nubes, densas, espesas, casi palpables y cargadas de electricidad, habían permanecido ocultas al otro lado de las montañas, aguardando la ocasión para tenderle una sucia y brutal emboscada.

Era como si quisieran que confiara plenamente en el límpido cielo de un hermoso día veraniego con intención de sorprenderle surgiendo de improviso sobre la cima de un picacho, antes de precipitarse pendiente abajo al tiempo que se transformaban en agua y rayos que surcaron el cielo trazando garabatos para acabar estrellándose contra torres de acero que se doblaban al instante, mientras gruesos cables eléctricos se comportaban como gigantescos látigos que desparramaran chispas a diestro y siniestro.

Aquella tarde no tuvo oportunidad de correr en busca de refugio, por lo que se limitó a dejarse caer cubriéndose la cabeza con las manos como el reo que aguarda a que le corten el cuello de un hachazo.

Nada pudo hacer frente al desmesurado ataque de ira de una naturaleza que sin motivo aparente se había despertado demasiado excitada, no en forma de tornado, terremoto o erupción volcánica, sino derrochando en cuestión de minutos tal cúmulo de energía que habría bastado para abastecer durante meses a una gran ciudad.

No llegó al grado de tempestad, más por cuestión de tiempo que de fuerza, debido a que apenas duró lo que se tardaría en describirlo, pero actuó con la furia de un mazazo tanto más destructivo cuanto más inesperado.

Perdió el conocimiento, y cuando volvió en sí, millones de estrellas brillaban en un firmamento absolutamente despejado, y el único vestigio de tan traicionero asalto se limitaba a una torre de alta tensión, antes desafiante, que ahora semejaba un retorcido paño de cocina del que se hubiera exprimido hasta la última gota.

Le sorprendió que le doliera todo el cuerpo porque

a su entender lo lógico hubiera sido que careciera de cuerpo.

A la vista de lo ocurrido, su obligación era estar muerto.

Pero no lo estaba.

No lo estaba pero había sufrido unos cambios tan profundos que a partir de aquel día nunca fue el mismo, y sabía muy bien que nunca volvería a serlo.

Apenas había tardado una semana en descubrir que donde quiera que fuese las ondas electromagnéticas se alteraban de tal forma que los teléfonos móviles, las televisiones y los ordenadores se volvían locos cambiando de frecuencia a cada instante.

Sin los modernos sistemas de comunicación que durante el último cuarto de siglo se habían convertido en algo imprescindible, una gran parte de la sociedad permanecía aborregada e incapaz de reaccionar, como si los gestos y las palabras que los seres humanos habían sabido desarrollar, enseñar y aprender a lo largo de casi un millón de años hubieran perdido en tan poco tiempo toda su efectividad.

Tal como un estúpido se atreviera a asegurar: «Lo que no está en las redes de internet, no existe.»

Una afirmación propia de un inmaduro cerebro que jamás maduraría por culpa de las redes de internet.

Un niño al que se le entregaba antes de tiempo un ordenador con el que acceder a las redes era como fruta que se cortara del árbol cuando aún se encontraba verde, permitiendo que acabara de madurar en la cámara frigorífica que la transportaba a su punto de destino.

Sin la dependencia directa de la rama y el árbol, ni su calidad ni su sabor serían nunca los mismos.

Aprender a vivir a base de consultarlo todo en las redes era tan antinatural como madurar en el interior de una cámara frigorífica, debido a lo cual tal vez en un futuro todas las personas —al igual que todas las frutas— perderían su frescor, su esencia y su valor.

Seres humanos deshumanizados y casi mecanizados dependerían de máquinas casi humanizadas hasta que llegara un momento en que el punto de inflexión se quebrara con consecuencias inimaginables.

Aún permaneció un largo rato en el mismo lugar, reflexionando sobre cuanto le había sucedido, preguntándose una vez más quién podría haber empezado a escribir un extraño libro del que inexplicablemente había entrado a formar parte, y llegando a una amarga y desalentadora conclusión: de nuevo la vida le precipitaba a un abismo carente de lógica en el que aquellos a los que amaba sufrirían las consecuencias.

Regresó a la vieja casona muy despacio, meditabundo y abrumado, y cuando le contó a su esposa la desconcertante historia del muchacho africano y La Piedra Viva, la respuesta de la siempre pragmática Claudia acabó de confundirle:

—Lo esperaba.

—¿Qué quieres decir con esa idiotez de «lo esperaba»?

—Lo que he dicho porque imaginaba que algo así tendría que ocurrir. La naturaleza, los dioses o quienquiera que sea, te ha dotado de unos poderes muy especiales con la indudable intención de mejorar el mundo, pero mientras ahí fuera la gente sufre, tú lo único que haces es vagabundear por esas puñeteras montañas, jugar con el niño, leer o traducir libros que no le interesan a nadie.

—Hicimos cuanto estaba en nuestras manos.

—No es cierto y lo sabes. Arreglamos algunas cosas, conseguimos frenar la piratería en las redes, que enviaran alimentos a los países más pobres, e incluso les dimos una lección a algunos de los más corruptos destruyendo su paraíso monegasco, pero no han tardado en recomponer las redes y encontrar otros paraísos, por lo que las cosas apenas han cambiado y millones de infelices sufren mientras tú holgazaneas.

—Tenemos que pensar en el niño.

—Lo que voy a decir tal vez te parezca abominable, pero si por pensar en mi hijo tengo que olvidarme de los millones de niños que mueren de hambre, preferiría no haber sido madre.

—Lo abominable sería pensar de otra manera.

—¿Entonces...?

—Entonces... ¿Qué?

—Que confundes las comunicaciones, atraes a ciertos animales, alivias a los enfermos y te rodea una pandilla de seres fantasmales que aún no sabemos a qué se dedican ni qué demonios pretenden, y por si todo eso no bastara, ahora me cuentas que un pobre muchacho ha sufrido lo indecible con el fin de traerte desde el confín de África una extraña roca que muestra los caminos. ¿Qué piensas hacer con tan portentoso bagaje?

Él le indicó con un gesto la pequeña piedra negra veteada de gris que permanecía, impertérrita, en el centro de la mesa:

—Hasta ahora no ha dicho ni «mu». ¿Quién me garantiza que sabe hacer lo que el chico ha contado?

—Eso también es cierto.

—Tendríamos que ponerla a prueba.

—¿Cómo?

—Dime una mentira.

—¿Qué clase de mentira?

—Una cualquiera; por ejemplo, que nunca me has puesto los cuernos.

—Sabes muy bien que si dijera eso, no solo la piedra, sino hasta el aparador empezaría a dar saltos.

—Pues busca otra.

—¿Como por ejemplo?

—¡Y qué sé yo! Tal vez aquello de «por el mar corren las liebres, por el monte las sardinas, tralaralara-lará...».

—Eso no es una mentira, es una gilipollez; o sea que aceptemos que la piedra sabe su oficio, y respóndeme a lo que importa: ¿Qué piensas hacer?

—No lo sé; ten en cuenta que todos esos supuestos poderes de nada sirven frente a una bala, y lo que sobran en este mundo son balas y gente con ganas de volarle la cabeza al cerebro de «la odiada banda terrorista autodenominada Medusa».

—En eso puede que tengas razón, pero nuestra obligación es arriesgarnos.

—Se trata de mi cabeza.

—Que para mí vale tanto o más que la mía. Y recuerda que seré yo quien dé la cara.

—Me preocupa más tu cara que mi cabeza.

—Y razón tienes, porque en mi cara hay ojos, boca, nariz y cejas, mientras que tu cabeza suele estar vacía; pero antes de continuar con esta estúpida conversación de chicos listos me gustaría que le echaras una mirada a este artículo del periódico:

Hace unos días esperaba la salida del avión que me debía llevar de vuelta a casa. En el aeropuerto hacía mucho calor; un chicuelo tenía sed y su madre buscó con la vista las antiguas fuentes de las que surgía un chorrito de agua, pero habían desaparecido al igual que los botellones de los que se bebía con un vaso de papel.

La buena mujer fue al baño, se enfrentó al amenazador cartel AGUA NO POTABLE, y como el niño corría riesgo de deshidratarse, no le quedó más remedio que introducir un euro en una llamativa máquina expendedora adornada con la fotografía de una provocativa señorita, con el fin de que le proporcionara una botellita de menos de un cuarto de litro de supuesta «agua de manantial».

Como el avión se retrasaba me entretuve en hacer un simple cálculo: aquella infeliz había acabado pagando cinco euros por un litro de agua.

Era como si una barra de pan le hubiera costado dos mil euros.

Y el Gobierno lo consiente.

A diario nos quejamos del precio de la gasolina, pero sin pretender defender a las compañías petroleras, debo admitir que se gastan fortunas en prospecciones, extraen crudo en lugares tan remotos como los polos, los desiertos, las selvas o el fondo de los océanos, lo transportan en enormes buques cisterna a miles de kilómetros de distancia, lo refinan y colocan la gasolina en el surtidor a un precio que en algunas ocasiones supera el euro por litro.

No obstante, un empresario sin escrúpulos soborna a un político, se apodera de un manantial que legalmente pertenece a la comunidad, abre el grifo, llena botellas de plástico —que además no se reciclan y si se reciclan se hace a cargo del Estado—, las envía con una camioneta a menos de cincuenta kilómetrosde distancia, y cobra esa agua —imprescindible para la vida— cinco veces más cara que la gasolina.

En España consumimos ciento cincuenta litros de agua embotellada por persona y año, es decir, casi seis mil millones de litros, con un negocio que ronda los veinte mil millones de euros.

En resumen, a cada ciudadano —hombre, mujer, niño o anciano— nos están despojando de doscientos euros anuales por un agua que pertenece a todos.

Y lo más lacerante de semejante expolio estriba en el hecho de que la totalidad de los manantiales no son capaces de producir ni tan siquiera las dos terceras partes de esos seis mil millones de litros.

El resto es en realidad agua de grifo disfrazada.

¿Hasta qué punto puede llegar su grado de corrupción o ineptitud cuando permiten que se quiten las fuentes de agua de los lugares públicos con el fin de favorecer a unas determinadas empresas?

¿Y hasta qué punto llega la desidia del ciudadano cuando acepta que su esposa se desriñone cargando botellas desde el supermercado con el fin de beneficiar a un puñado de canallas?

Nuestra última esperanza se centra en el hecho de que algún día aprendamos a sobrevivir bebiendo gasolina. Sería más barato.

—Si los datos son ciertos resulta indignante.

—Dudo que nadie se atreviera a publicar algo así si no fuera cierto, y yo también he pasado por el trance de no tener más remedio que comprar agua en un aeropuerto. Es tan solo una pequeña muestra del aberrante modo en que nos explotan.

—No me parece razón suficiente como para lanzarnos de nuevo a una lucha en la que probablemente lo perderíamos todo.

—¡No! Naturalmente que no, pero lo dije una vez y te lo repito: a nadie más que a ti se le había concedido la facultad de cambiar el rumbo de la historia sacando de la miseria y la injusticia a millones de seres humanos.

—Y a nadie más que a ti se le ha concedido la facultad de meterme en problemas desde el día en que se me ocurrió la absurda idea de abandonar mi tranquila soltería con el fin de casarme con una sabihonda que se niega a admitir que, por mucho que se emperre en repetirlo, su inepto marido no está llamado a ser el Anticristo, ni mucho menos el «Anticrisis»...

—¿Alguna vez te has arrepentido de haberte casado conmigo?

—Alguna.

—Dime una.

—El día que me destrozaste el Rover. Adoraba aquel coche y lo convertiste en chatarra.

—¡Ya era pura chatarra! Tenía casi veinte años y...

Le interrumpió el repicar del teléfono, por lo que Claudia se limitó a señalarlo con desgana:

—Debe de ser Carlos; es la quinta vez que llama.

Lo era, en efecto, y ni tan siquiera se molestó en saludar o disculparse por lo intempestivo de la hora, limitándose a preguntar ansiosamente:

—¿Lo has leído?

—Lo he leído.

—¿Y qué opinas?

—Que resulta fascinante, pero habrá que ver cómo acaba.

—Ahí está el problema. Recibí ese capítulo sin remitente, por lo que no sé quién es su autor, dónde vive o a qué se dedica. He puesto anuncios en los periódicos, pero sin resultado. Tal vez haya muerto.

—Sería una pena.

—Cierto. Y por eso te llamo. ¿Te sientes capaz de continuarlo?

—¿Cómo has dicho?

—¿Que si serías capaz de escribir una novela basándote en ese comienzo?

—¡Tú estás mal de la cabeza! Soy traductor, no escritor, nunca he estado en África y no tengo ni puñetera idea de lo que puede hacer o dejar de hacer un meteorito. Me consta que en una esquina de la Kaaba, en La Meca, existe una piedra negra venerada por los musulmanes, pero hasta ahí llegan mis conocimientos.

—Puedes aprender más cosas.

—¡También puedo aprender turco, no te jode! ¿Cuántas veces crees que he intentado escribir un libro sin pasar de la página cinco?

—Te pagaría bien.

—¿Acaso quieres que me sienta frustrado una vez más? Busca a alguien que conozca África o tenga imaginación y le ayudaré puliendo el estilo, pero no me pidas imposibles.

Colgó para enfrentarse a la dura mirada de Claudia que le espetó sin la menor consideración:

—Eres un cagado.

—¡Inténtalo tú!

—Eres tú quien ha entrado a formar parte de esa historia, no yo.

—Por eso mismo prefiero mantenerme al margen; lo que sea será sin necesidad de escribir una palabra.

III

Tras tantos años dirigiendo la agencia de espionaje más importante del planeta, Dan Parker creía saber cuanto se refería a criptografía, por lo que se llevó una desagradable sorpresa en el momento de enfrentarse al ordenador personal del deleznable Sidney Milius.

Con tan inapreciable tesoro de información confidencial en las manos esperaba disponer de las armas que necesitaba a la hora de neutralizar el excesivo poder de la infinidad de putrefactos políticos que exprimían de forma cada vez más inmisericorde a su país, pero se maldijo al verse obligado a admitir que no había tenido en cuenta un detalle de suma importancia: Sidney Milius seguía siendo «El Zar de los piratas informáticos», un indiscutible genio en cuanto se refería a la electrónica, y por lo tanto el sofisticado ordenador que guardaba en la caja fuerte de una villa de una perdida isla caboverdiana estaba protegido por tan enrevesados e inaccesibles códigos que no había forma humana de desentrañarlos.

Y para mayor desgracia, en aquellas circunstancias Dan Parker no podía contar con la mayoría de los agentes que siempre había tenido a sus órdenes, sabiendo como sabía que entre tanto espía bien pagado siempre existiría algún espía que deseara estar mejor pagado. Sospechaba que, probablemente, a las cuarenta y ocho horas de haber puesto sobre la mesa de los expertos en descodificación algún documento que comprometiera a ciertos congresistas y senadores, la noticia llegaría de un modo u otro a sus oídos.

Y los amenazados no tardarían en averiguar que la forma de obtenerlos no había sido en absoluto ortodoxa, lo cual permitiría a sus legiones de abogados iniciar uno de aquellos engorrosos procesos de desestimación de pruebas que solían acabar en agua de borrajas y una airada petición de cambio en la cúpula de la agencia.

Amenazar a alguien con pegarle un tiro si no le entregaba las llaves de su casa y de la caja fuerte que guardaba su ordenador personal era algo normal en el quehacer cotidiano de su oficio, pero cuando corría peligro el buen nombre de políticos influyentes las cosas podían volverse en contra.

Como le constaba que el único capaz de aclarar el

enrevesado galimatías informático que había organizado Sidney Milius era el mismísimo Sidney Milius, llegó a plantearse que tal vez su mejor opción sería recurrir al mismísimo Sidney Milius.

En el momento de desembarcar en Río de Janeiro el escurridizo *hacker* había desaparecido en la inmensidad de Brasil, pero a los pocos meses sus hombres lo habían localizado en un discreto chalet cuyos ventanales se abrían sobre las gigantescas cataratas de Iguazú; un lugar a decir verdad bien elegido, puesto que se encontraba a tiro de piedra de la frontera argentina y a unos cuatro kilómetros del transitado Puente de la Amistad, por el que, en un abrir y cerrar de ojos podía cruzar a Paraguay.

Se había teñido el pelo, engordado casi nueve kilos y vestía con bastante desaliño, por lo que únicamente un fisonomista profesional hubiera conseguido reconocer en aquel barbudo «funcionario jubilado antes de tiempo por motivos de salud», al atildado, despectivo y multimillonario pirata que durante años apenas abandonaba su fabuloso *Milius@.com*.

El espléndido yate permanecía ahora fondeado en una perdida cala italiana, degradándose a la espera de acabar en el desguace puesto que funcionaba a base de instrumentos de alta tecnología que habían sido dañados a tal extremo que ya apenas servían para nada.

Y es que el principal enemigo de las nuevas tecnologías seguía siendo la fragilidad y la rápida obsolescencia de las nuevas tecnologías.

Según la mayoría de los expertos, y al igual que solía suceder con un teléfono móvil o un televisor, «poner de nuevo a punto el cerebro, corazón y las tripas de un navío tan sofisticado como el *Milius@.com* costaría casi tanto como construir uno nuevo, debido a que la enloquecida, despilfarradora y destructiva sociedad levantada sobre la idea de «usar y tirar» había llegado incluso a las naves de lujo.

En aquellos tiempos de crisis, por cada yate que surcaba felizmente las aguas no resultaba difícil encontrar cuatro prácticamente abandonados, y algunos propietarios incluso agradecían que naufragaran, puesto que de ese modo ahorraban en impuestos, seguro, mantenimiento y punto de atraque.

El viejo y acertado dicho «El placer de hacerse con un yate tan solo se ve superado por el placer de deshacerse de él» cobraba todo su sentido cuando las clases medias que habían soñado con convertirse en clases altas abrían los ojos a una desalentadora realidad: «El mejor yate es el del amigo que puede pagárselo.»

Dan Parker, que por el simple hecho de haber nacido en Montana se sentía mucho más a gusto entre caballos que entre barcos, empezaba a sentirse inquieto —e incluso ofendido— debido a que había transcurrido más de un año desde el día en que se apoderara del ordenador de Sidney Milius y aún no había conseguido que le revelara ninguno de sus secretos.

Como resultaba desesperante y casi humillante admitir su derrota y no le apetecía la idea de presentarse en Iguazú en demanda de ayuda, sintió el cielo abierto el día en que los medios de comunicación difundieron una absurda noticia, según la cual el grupo terrorista informático conocido como Medusa parecía ser el culpable de la desaparición de un avión malasio que había despegado de Singapur rumbo a Pekín y del que no había vuelto a saberse absolutamente nada.

Aquel accidente constituía sin duda un caso insólito y el mayor misterio en la historia de la aeronáutica.

Cientos de aviones se habían perdido mientras sobrevolaban el mar, los desiertos, las selvas o inaccesibles cordilleras, pero resultaba incomprensible que en unos tiempos en los que radares, radios y satélites artificiales lo controlaban segundo a segundo, un moderno Boeing 777 con casi trescientas personas a bordo cambiara de rumbo a poco de despegar desviándose miles de kilómetros de la trayectoria prevista. Tras volar durante horas en dirección opuesta había sido detectado al oeste de Australia, donde los investigadores sospechaban que se había precipitado al mar tras agotar el combustible.

Docenas de barcos rastrearon la zona durante semanas sin encontrar ni un solo resto de un avión que disponía de dos cajas negras, una que registraba los datos del vuelo y otra que grababa las conversaciones de los pilotos. Hallarlas resultaba crucial para aclarar el misterio, ya que los investigadores no sabían si el aparato había sufrido una avería, había sido secuestrado o había sido desviado intencionadamente por alguno de sus pilotos.

Y ahora, a algún idiota que no tenía otra cosa mejor que hacer que inventar bulos, se le había ocurrido la peregrina idea de asociar tan inexplicable tragedia a un hecho igualmente inexplicable: el caos en los sistemas de información que había producido en el Principado de Montecarlo el grupo Medusa, cuyo líder parecía ser el aborrecido Sidney Milius.

Dan Parker sabía mejor que nadie que tal teoría era falsa, pero en el fondo su alma agradecía que le proporcionara la oportunidad de visitar las cataratas de Iguazú, algo que había anhelado desde el día en que leyó que era el único lugar en que se producían espectaculares arcoíris las noches de plenilunio, y que las parejas que conocían el lugar sabían ingeniárselas a la hora de hacer el amor bajo su luz.

No es que pretendiera intentarlo, puesto que no tenía previsto llevar compañía femenina ni recurrir a los servicios de una prostituta brasileña, pero le apetecía la idea de contemplar tan curioso fenómeno, por lo que le pidió a su hombre de confianza, el siempre eficiente Spencer, que le consiguiera un vuelo con destino a Iguazú coincidiendo con la próxima luna llena.

Disfrutó a solas durante largo rato del inigualable espectáculo y a continuación se encaminó sin prisas a casa del barbudo fugitivo de larga melena y aspecto desaliñado, al que saludó sin el menor preámbulo:

—Buenas noches, Milius. Soy Dan Parker.

El otro no pareció sorprenderse:

—Mucho ha tardado.

—Sigue siendo un genio de la electrónica, pero en lo que se refiere a disfraces demuestra ser bastante chapucero.

—¿Y para qué iba a molestarme si sabía que su gente me encontraría aunque me disfrazara de danzarina balinesa?

—Al menos podía haberle echado un poco de imaginación.

—¿Para qué? Me resulta imposible demostrar que no tengo nada que ver con Medusa, y mucho menos con ese dichoso avión malasio. Hace meses que no me muevo de aquí.

—Lo sé, y por eso he venido a echarle una mano.

—¿Usted, que fue quien me acusó de ser el cerebro de Medusa? ¿Acaso está dispuesto a desmentirlo?

—Si me proporciona los códigos que necesito, mi Gobierno reconocerá públicamente que se cometió un error.

—Me cuesta creerlo.

—Todo el mundo sabe que ha cometido infinidad de errores a lo largo de su historia, por lo que uno más no importa. Sin embargo, lo que espero obtener a cambio sí importa.

—¿A quién quiere fastidiar ahora?

—A los corruptos.

—Difícil tarea.

—En cuanto se refiere a corrupción usted es un maestro, y yo, con toda mi experiencia, un simple alumno. Si me proporciona medios para machacar a cuantos están convirtiendo mi país en una pocilga, llegaremos a un acuerdo. Con eso me basta porque al fin y al cabo siempre es bueno que nuestros enemigos, e incluso nuestros aliados, vivan en pocilgas.

—Estoy dispuesto a incluir en el trato la forma de tener cogidos por los cojones tanto a sus amigos como a sus enemigos, pero le costará mucho dinero.

—No lo tengo.

—Usted no, pero su agencia sí. Digamos que le concedo, únicamente a usted y de forma confidencial, datos que comprometen a sus compatriotas, y por otro lado a su agencia datos que pueden hundir a ciertos políticos extranjeros.

—No es mala idea. ¿Cuánto costaría?

—Doscientos millones en bonos convertibles, y reconocer que no tengo nada que ver con Medusa.

—Eso es mucho dinero.

—No lo es si tiene en cuenta que añadiré, como regalo, la forma de acabar con un parlamentario inglés que está haciendo muchísimo daño.

—¿Quién?

—Esa información cuesta doscientos millones, pero le garantizo que ese maldito engreído merece la horca.

—Ha conseguido intrigarme.

—De eso se trata.

—Sigue siendo un peligroso embaucador.

—Pero sincero. Trate de imaginar lo que significaría que su agencia consiguiera evitar que miles de personas sigan muriendo al tiempo que desenmascaraba a un hipócrita genocida, respetado miembro de la Cámara de los Lores.

—Suena muy bien.

—Mejor que los míseros bonos convertibles, que al fin y al cabo tan solo son papel.

—Volveré en tres días.

—Aquí estaré.

Tal como había prometido, Dan Parker se presentó tres días más tarde, pero en esta ocasión le acompañaban dos de sus malencarados guardaespaldas y cada uno de ellos portaba un maletín.

El primero contenía bonos convertibles por valor de doscientos millones de dólares y el segundo, el ordenador personal que Sidney Milius había guardado en una caja fuerte del sótano de su villa en Cabo Verde, y que en su opinión le había sido «robado» a punta de pistola.

Para el *hacker* fue como reencontrarse con su mejor amigo; en realidad, su único amigo, aquel a quien había dedicado todos sus esfuerzos, y en quien había depositado todas sus esperanzas durante los últimos veinte años.

El fiel guardián de sus secretos.

Esperó impaciente hasta que los guardaespaldas abandonaran la estancia, tomó asiento, observó extasiado el aparato, y al fin lo abrió como si estuviera abriendo la tapa del arcón del tesoro del temido Barbarroja.

Y no le faltaba razón porque su contenido superaba en mucho cuanto el sanguinario pirata hubiera conseguido a lo largo de toda una vida de recorrer océanos matando y saqueando.

Luego extrajo del bolsillo de la camisa un *pen-drive*.

—Si me lo permite me llevaré las claves de acceso a mis cuentas privadas porque si no lo hiciera nadie podría utilizarlas y los malditos bancos se quedarían con mi dinero. Conozco banqueros de paraísos fiscales que traicionan a sus clientes, sobre todo políticos corruptos, sabiendo que al sentirse vigilados no se atreverán a reclamar lo que les guardan. No quiero que se queden también con el mío.

—¡En eso estoy de acuerdo; a los bancos ni un centavo; prefiero que vuelva a sus manos!

—En ese caso renuncio a los bonos.

—¿Si tanto dinero tiene por qué no conserva las claves en la memoria?

—Son demasiados bancos y demasiadas claves, y la memoria no es mi fuerte. Elegí recordar únicamente las claves del ordenador que guarda esas claves.

—Grave error.

—Propio de quienes confiamos demasiado en las máquinas. Cuando fallan, o como en este caso nos las roban, quedamos inermes. Pero ya aprendí la lección.

Extrajo el *pen-drive* con los datos de sus cuentas, se lo guardó y comenzó a mover los dedos con tanta rapidez que resultaba imposible seguir sus movimientos.

Pasaron casi diez minutos antes de que se echara hacia atrás en su asiento y se desperezara como si acabara de realizar un duro trabajo.

—Si aprieta esa tecla dispondrá de información sobre la mayor parte de los políticos corruptos del mundo, excepto la del puto inglés.

—¿Y eso?

—Será mi seguro de vida. Si me proporciona su correo electrónico, en cuanto me sienta a salvo le enviaré una nueva clave y le garantizo que le asombrará lo que va a descubrir.

—Sigue siendo el tipejo más retorcido que conozco.

—Formaríamos un magnífico equipo, pero sospecho que se está pasando al bando de los «decentes» y ese es un terreno en el que nunca he sabido desenvolverme.

—Podría intentarlo.

—Loro viejo no aprende idiomas. Y si realmente consigo llegar a viejo no será por mis méritos sino por demérito de cuantos intentan matarme y no lo consiguen. Apriete esa tecla y observe.

Dan Parker lo hizo, aguardó y mientras iba analizando cuanto iba apareciendo en la pantalla agitaba la cabeza como si se negara a aceptar lo que estaba viendo.

—¡No puedo creerlo! El senador Bolton, *el Intachable*... Nunca lo hubiera imaginado...

—Lo de «Intachable» lo inventó un periodista que tenía en nómina porque Washington está mucho más putrefacto de lo que usted supone, y le advierto que incluso en su propia agencia la mierda llega al techo. Si pincha ese icono le encantará descubrir cuántos de sus hombres aceptan sobornos.

—¡Hijos de puta...!

—Y cobran más que sus madres.

—Por lo menos Spencer no aparece.

—A ese no hay quien lo compre. ¡Y mira que lo he intentado! En Miami le puse en bandeja una venezolanita capaz de corromper a un muerto...

—¿Una morena de ojos verdes, con el pelito corto, tetas hacia arriba y cintura de avispa? ¡Qué mujer...! ¿Y no se acostó con ella?

—El muy cretino se echó atrás cuando ya la tenía en la cama.

—¡Me deja anonadado! Tendré que despedirle porque una cosa es la fidelidad a la agencia y otra hacer el canelo.

—La pobre debió de quedarse muy frustrada y supongo que herida en su amor propio porque incluso se negó a cobrarme los gastos.

—¿Sabe qué ha sido de ella?

—Lo último que supe fue que trabajaba en un supermercado.

—¿No puede ser más explícito? En Miami debe de haber cientos.

—¡Pero bueno...! Acabo de entregarle la información más valiosa que haya tenido en años y pretende que además le proporcione la dirección de una puta venezolana.

—Una cosa no quita la otra, y por lo que dice ya no es puta, pero tiene razón; la petición no es seria. Aquí tiene mi correo electrónico y llévese esos bonos porque no pienso quedármelos, y si los devuelvo tendré que dar un sinfín de explicaciones.

Sidney Milius se puso en pie, le estrechó la mano, se apoderó del maletín y se encaminó a la puerta.

—Me ha encantado conocerle. Supongo que estaremos en contacto porque me consta que haga lo que haga siempre sabrá dónde localizarme.

—Seguro... ¡Por cierto! ¿Recuerda cómo se llamaba aquella chica?

—Ni idea. Ya le he dicho que la memoria no es mi fuerte.

—¡Lástima!

IV

Querido Robin:

Se supone que hace unos diez mil años los seres humanos se subieron por primera vez a troncos, balsas o piraguas con el fin de atravesar el mar, pero lo que se dice «navegar» tal como lo entendemos hoy en día es una actividad que nació con egipcios y fenicios, o sea que nos estaríamos remontando a unos tres mil años antes de Cristo y, salvo en casos concretos de naves muy especiales, las proporciones de los cascos apenas varían; siempre son largos y estrechos con tantos metros de eslora por tantos de manga; normalmente la sexta parte.

Así se lo ordenó el Señor a Noé: «Construye un Arca de trescientos codos de largo por cincuenta de ancho» —las llamadas «Proporciones del Arca»—, y desde entonces todos los barcos son básicamente iguales, diseñados con el fin de obtener el máximo rendimiento con el mínimo esfuerzo.

Esa ley del máximo rendimiento con el mínimo esfuerzo sigue estando vigente tanto en lo que se refiere a barcos como a cualquier actividad, y debería seguir siendo siempre así. No obstante, hoy en día abundan los cruceros de lujo para los que esa ley no tiene valor dado que derrochan potencia al tiempo que sus problemas se centran en la seguridad y la comodidad.

Les sobra energía pero les falta estabilidad, y por lo tanto seguridad.

Con un calado máximo de ocho metros —porque si tuvieran más no podrían atracar en un gran número de puertos— se ven obligados a mantener en equilibrio varias cubiertas.

Tal diseño constituye un disparate que va contra las normas de la navegación. Cuando un inmenso iceberg lo abrió como una lata de sardinas y el agua penetró a borbotones, nuestro *Titanic* tardó horas en hundirse y lo hizo manteniendo el equilibrio, por lo que un siglo después continúa en pie a miles de metros de profundidad. Esa «británica y señorial» forma de naufragar permitió que un gran número de pasajeros se salvaran pese a que ocurriera de noche y en aguas heladas.

Sin embargo, cuando este nuevo tipo de cruceros, auténticos rascacielos del mar, diseñados con el exclusivo fin de ganar tanto más dinero cuanto de mayor altura se disponga, afrontan una vía de agua veinte veces menor, se hunden de costado y como un plomo en cuestión de minutos.

El accidente del *Costa Concordia* constituyó un primer aviso, pero la catástrofe del *Sewoll* en aguas coreanas, que giró sobre sí mismo llevándose al fondo del mar a trescientos estudiantes, obliga a replantearse el tema pensando en eventualidades de mayor impacto, porque alguno de esos cruceros suele transportar miles de pasajeros.

La mejor prueba de su fragilidad estriba en que, en ambos casos, los capitanes fueron los primeros en abandonar sus naves sabiendo que no tenían salvación.

A la vista de todo ello, considero oportuno deshacernos de todas nuestras inversiones tanto en cruceros de lujo como en astilleros que los construyen o empresas que los aseguran.

Afectuosamente,

RICHARD

Lord Robin Morrison Caine dejó a un lado la larga y rebuscada epístola, muy propia del estilo y la forma de ser de su viejo amigo Richard Cook, dedicó unos minutos a reflexionar sobre la gravedad de la situación, y tras admirar una vez más la prodigiosa armonía de colores de unos campos y unos bosques que le pertenecían hasta más allá de cuanto alcanzaba la vista, alzó el teléfono e indicó a su secretaria que le suplicara a la madre de sus nietos que se reuniera con él en la biblioteca a la hora del té, concluyendo con una seca frase que no admitía discusión:

—Y que venga sola.

Aquella constituía una petición asaz insólita y absolutamente impropia de alguien que siempre había destacado por su marcado interés a la hora de mantener las distancias con respecto a una hierática belleza a la que continuaba considerando una pretenciosa arribista y como siempre había sido fiel a sí mismo cualesquiera que fueran las circunstancias, dijo lo primero que le vino a la boca en cuanto se encontraron a solas:

—Sabes muy bien que no te aprecio.

—Y tú sabes muy bien que se trata de un sentimiento recíproco.

—La diferencia estriba en que a ti te interesan cosas mías, y a mí no me interesa nada tuyo.

—Te interesan mis hijos, dado que serán los que heredarán tus títulos y tu fortuna.

—Cierto, pero cuando te conocí no los tenías, aunque supuse que te apresurarías a tenerlos como arma de ataque. Y de defensa.

Ritza Collins, ahora gracias a su matrimonio Ritza Morrison Caine, apuró lo que le quedaba de su té, depositó la taza en la mesita que les separaba y se apoderó de una pasta que mordisqueó desganadamente al tiempo que señalaba:

—Los hijos pueden llegar a ser la mayor fuerza de una mujer, pero también suelen convertirse en su punto más débil.

—Los tuyos son tu fuerza, no tu debilidad, pero a estas alturas debo reconocer que te has ganado mi respeto, no porque considere que me equivoqué al juzgarte, sino porque considero que acerté plenamente.

—Aclárame ese original y rebuscado concepto del respeto.

—Eres lo que temía que fueras y lo sigues siendo hasta la médula y sin ceder un ápice. Buscando un símil cabría asegurar que te comportas como un grano de arena que se hubiera abierto camino hasta el corazón de una ostra; te has ido cubriendo de nácar hasta parecer una perla, pero en tu interior sigues siendo arena.

—Si no fuera así, a estas horas tu hijo constituiría el último eslabón de tu dinastía, destruido por el alcohol, e incluso probablemente las drogas, y a ti siempre te ha preocupado más la preservación de la dinastía que la de cualquiera de sus miembros, incluido tu hijo.

—Lo admito y es la razón por la que te he hecho venir. Los médicos creen que el día menos pensado me estallará el corazón y me consta que cuando eso ocurra, si unos negocios que empiezan a ir mal pasan a manos de Mark, se irán al traste.

—¿Tan grave es?

—¿La situación económica o la mía?

—La económica.

Lord Robin Morrison Caine dejó escapar un reniego, cosa poco habitual en él, pero a continuación no pudo evitar que le asomara a los labios una leve sonrisa, al tiempo que rellenaba las tazas.

—Genio y figura hasta la sepultura.

—¿Acaso no es más lógico que me preocupe por el futuro de unos hijos que me adoran que por el de un suegro que me aborrece?

—¡Desde luego, querida, desde luego! Mi esposa era una auténtica dama, bella, dulce, exquisita, sumisa y encantadora, pero nunca se ocupó de su hijo ya que lo único que le interesaba era llevarse a la cama a cuantos empuñaban una raqueta y es cosa sabida que este es un país demasiado aficionado al tenis.

—A mí me aburre mortalmente.

—Y a ella también, pero le excitaba ver a los jugadores acuclillados y balanceándose de un lado a otro, siempre dispuestos a saltar, correr y sobre todo sudar, dando raquetazos a diestro y siniestro aunque nunca le interesaba adónde iba a parar la bola. Se fugó con el que más sudaba y más fuerte golpeaba, que también resultó ser el más lerdo.

—Conozco esa historia pero no entiendo a qué viene.

—Viene a que Mark heredó el carácter y las escasas luces de su madre, lo cual pone en peligro que herede la fortuna de su padre, ya que desde que ese grupo terrorista —Medusa— emitió su aborrecido *Manifiesto*, las pérdidas superan en mucho los ingresos.

—Nunca lo hubiera imaginado.

—Al obligar a que se reduzca el precio del petróleo han reducido al mínimo los márgenes de beneficios. Hemos perdido millones en inversión inmobiliaria con la catástrofe que provocaron en Mónaco, y ahora los bancos se están viendo obligados a conceder créditos a pequeños inversionistas reduciendo los fondos destinados a los grandes.

—Siempre había creído que tus empresas abarcaban una enorme diversidad de sectores.

—Y las abarcaban, pero he tenido que deshacerme de algunas con el fin de salvar otras, y para colmo ahora me aconsejan malvender mis acciones en astilleros, cruceros de lujos y empresas aseguradoras. Resumiendo: o se toman medidas drásticas o navegamos directamente hacia los arrecifes.

—Ya me extrañaba a mí que quisieras dejarme al

frente de tus negocios; lo que pretendes es que me haga cargo de tus deudas.

—Lo único que pretendo es colocar al timón de este barco a alguien capaz de llevarlo a buen puerto sin ningún tipo de sentimentalismos. Y me consta que alguien tan obtuso como Mark no es la persona adecuada.

—¿Y yo sí?

—Eso quiero suponer. Aún me quedan cartas por jugar, pero antes de enseñártelas tienes que demostrar que realmente eres lo que siempre he creído que eres.

—¿Una arribista ambiciosa y sin escrúpulos?

—Exactamente. Si decido romper una antiquísima tradición familiar al desplazar a mi hijo dejando la mayor parte de mi herencia a mis nietos, y su administración en manos de una intrusa, tan solo lo haré porque crea que dicha intrusa heredó el carácter de su más famoso antepasado.

Lord Robin Morrison Caine estaba haciendo una nada amable alusión al fundador de la sucia estirpe Collins, un capitán negrero que durante un nefasto viaje en el que transportaba esclavos con destino a Jamaica advirtió que un excesivo número comenzaba a enfermar de disentería y comprendió que si arribaban en tal mal estado a su destino nadie le pagaría un penique por ellos ni aun recurriendo al viejo truco de taponarles el ano con estopa.

Cuando en las abarrotadas bodegas la masa de excrementos llegó a la altura de los tobillos, tomó una decisión que pasaría por mérito propio a la historia de la infamia: ordenó que arrojaran al agua a casi doscientos hombres, mujeres y niños, y se regodeó contemplando cómo los devoraban los tiburones.

Al regresar a Inglaterra consiguió que la compañía aseguradora le pagara por cada muerto un precio superior al que habría obtenido por su venta en Jamaica, alegando que se había limitado a cumplir al pie de la letra su contrato gracias a una cláusula que le permitía «deshacerse de carga en mal estado».

Y en ningún punto del contrato se especificaba que «la carga» fuera grano, ganado o seres humanos.

Con ello se había ganado a pulso el nada honroso título de Captain Shit, pero su canallesca acción había sentado las bases de una sólida fortuna, por lo que con el tiempo su cada vez más numerosa flota de buques negreros continuó surcando los mares, aunque ninguna compañía volviera a asumir el peligroso riesgo de asegurar su carga.

No obstante, con la abolición de la esclavitud los descendientes del Capitán Mierda perdieron la mayor parte de su repugnante fortuna.

El tráfico marítimo continuaba produciendo cuantiosos dividendos, pero nadie estaba dispuesto a navegar en navíos que habían transportado esclavos, debido a que la madera de sus bodegas se encontraba tan impregnada de excrementos que las mercancías se descomponían o acababan apestando al extremo que sus destinatarios las rechazaban.

La flota de la familia Shit acabó en lo más profundo de una perdida ensenada irlandesa de la que incluso las ovejas y los zorros se alejaban incapaces de soportar tanto hedor a sufrimiento y muerte.

Ante la ofensiva alusión a sus oscuros orígenes, Ritza Morrison Caine, de soltera Ritza Collins, se limitó a observar de medio lado a su aborrecido suegro al tiempo que señalaba:

—La única diferencia entre tu familia y la mía estriba en que los barcos en que transportabais opio chino servían también para transportar el azúcar que cosechaban los esclavos que transportaban mis antepasados, pero no es momento de discutir sobre el grado de moralidad de nuestros abuelos, sino del nuestro. ¿Qué pretendes de mí?

El dueño de la casa dejó a un lado los convencionalismos y las buenas costumbres, apartó la bandeja del té y se sirvió un generoso vaso de ginebra con muy poco hielo al tiempo que encendía un grueso cigarro habano.

—Que continúes con la tradición de nuestras respectivas familias y hagas siempre lo que tengas que hacer por muy inmoral, injusto o ilegal que en principio pueda parecer, puesto que la experiencia enseña que esa es la única forma de llegar a la cumbre y mantenerse en ella. Los débiles, o no llegan, o se derrumban pronto.

—¿Y según tú, Mark es demasiado débil?

—Por decirlo de una manera amable.

—Me considero fuerte, pero si aceptara el trato correría el riesgo de estar cayendo en una trampa con la que podrías demostrarle a Mark que soy quien siempre has dicho que soy. Y aunque estés convencido de lo contrario estoy dispuesta a todo, por muy ilegal, injusto o inmoral que pueda parecer, excepto a perjudicarle, lo que repercutiría en perjudicar a mis hijos. O sea que te propongo un trato.

—¿Y es?

—Que le cedas a Mark todos tus negocios legales y permitas que los administre a su manera por mucho que pierda, que ya intentaré yo que sea lo menos posible. De esa manera no se considerará menospreciado ante mí, y sobre todo ante los niños. Será lo que tiene que ser, el heredero. Por otro lado, y sin que nadie lo sepa, me dejarás a cargo de la parte oscura de tus negocios, y te garantizo que no me temblará la mano a la hora de lanzar por la borda a quien tenga que lanzar.

—Puede que sea mucha gente.

—Supongo que no sobrepasaré el récord del Captain Shit.

V

A Claudia sí que le temblaba la mano en el momento de depositar sobre la mesa el periódico que destacaba en primera página una inquietante noticia: según fuentes dignas de crédito, la desaparición del Boeing 777 de las líneas aéreas malasias era obra del grupo terrorista Medusa, que había conseguido alterar sus sistemas electrónicos al igual que había conseguido tiempo atrás alterar los del caza francés que se había estrellado en los Pirineos.

—¡La puta que los parió!

—No digas palabrotas delante del niño.

—Aún no sabe que son palabrotas. Ni siquiera sabe hablar.

—Pero capta el tono.

—¡De acuerdo! Lo diré sonriendo y en tono cariñoso: «La tierna madre que trajo al mundo a esos adorables hijos de una mujer de vida alegre.» ¿Está bien así?

—No es cuestión de tomarse a broma que nos acusen de la desaparición de un avión, porque si nos asocian con ese tipo de terrorismo salvaje que no duda en masacrar inocentes nuestra labor se vendrá abajo.

—Estoy de acuerdo, pero no sé cómo vamos a demostrar que jamás hemos salido de Europa.

—Yo estuve una vez en Tailandia.

—No me lo habías contado.

—Fue antes de conocerte.

—A saber lo que estarías haciendo en Tailandia para no atreverte a contármelo.

—Bucear.

—¡Sí, sí...! A cualquier cosa llamas tú bucear, pero no quiero meterme en profundidades porque lo que importa es demostrar que no tenemos nada que ver con ese accidente—. ¿Se te ocurre algo?

—Contraatacar.

—¿Tirándoles la piedra a la cabeza?

—Con todo lo que tenemos.

—¿Y es...?

—La razón.

—¿Desde cuándo has visto que la razón gane batallas? Ni tan siquiera consigue ganar una discusión matrimonial. Yo siempre pierdo.

—Deja de hacerte el gracioso y admite que nos están brindando la oportunidad de volver a la acción sin que hayamos roto el «Pacto de no agresión». Según ese libro has sido elegido para desterrar el hambre del mundo y tu obligación es hacer algo al respecto.

—No es un libro, tan solo es un primer capítulo de un libro que no tenemos la menor idea de quién ha escrito ni para qué. Y desde luego tampoco tengo la menor idea de cómo desterrar el hambre del mundo. Es más; no creo que nadie la tenga.

Claudia tomó en brazos al niño, le colocó un babero y comenzó a ofrecerle pequeñas cucharadas de papilla que el crío se apresuraba a devorar.

—Eso probablemente es cierto, pero probablemente se deba a que no se ha intentado. En algún lugar existirá alguien con ideas aprovechables.

—Tal vez lo haya, querida, pero las ideas aprovechables dejan de ser aprovechables en cuanto atentan contra los intereses de quienes se aprovechan de la miseria ajena.

—Probablemente eso también sea cierto, pero me gustaría que todas las madres pudieran hacer lo que yo estoy haciendo. Este niño nació cuando ya no lo esperábamos, y supongo que lo concebimos porque el simple hecho de lanzarnos a una lucha sin futuro nos rejuveneció. ¡Volvamos a intentarlo!

—¿Con el fin de proporcionarle un hermanito?

—¡No seas estúpido! Sabes a lo que me refiero. Ni siquiera él ha conseguido que estuviéramos tan unidos como entonces.

Él se vio obligado a admitir que tenía razón, ya que el mero hecho de «echarse al monte» con el firme propósito de enfrentarse a los poderosos había creado entre ellos vínculos tan fuertes que por primera vez llegaron a considerarse una sola persona.

Alguien, sin duda un perdedor, había escrito que combatir con los desfavorecidos sin esperanzas de victoria no solo resultaba gratificante sino en cierto modo mágico, debido a que cada día que no se sufría una derrota se alcanzaba un triunfo.

Así era como se había sentido en unos tiempos en los que a cada instante aguardaba la derrota definitiva: valiente, entusiasta y rebosante de energía, mientras que desde hacía meses permanecía aletargado y mustio, tan abatido como quien admite que comenzó a construir un hermoso puente que salvaría un peligroso río pero dejó su trabajo a medias.

Sabía que estaba traicionando el mandato que le habían dado y se avergonzaba al recordar los padecimientos de Samar en su afán por entregarle la piedra, al igual que se avergonzaba al comprender que no era digno de una generosa tribu que había aceptado el difícil sacrificio de desprenderse de su talismán con el único fin de favorecer a los que carecían de todo.

Se preguntó qué sentirían al saber que su amada Dar-khái permanecía en un cajón de su escritorio, tan fría como cuando les hizo comprender que se estaba muriendo de pena al saber que había dejado de ser útil tras miles de años de haber llegado desde los confines del universo.

—Yo tan solo aspiraba a ser un buen traductor al servicio de buenos escritores.

—Y a tocarte los cojones al sol.

—¿Qué forma de hablar es esa delante del niño?

—Lo he dicho en un tono amable y mesurado.

—¿Pero qué diablos quieres que hagamos?

—En primer lugar dejar muy claro que no tenemos nada que ver con ese avión, y en segundo, buscar una forma de intentar aplacar el hambre de tanto desgraciado.

—Nadie ha conseguido nunca nada ni remotamente parecido y te consta que esa es una guerra perdida de antemano.

—Lo bueno de las guerras perdidas de antemano es la maravillosa sorpresa que te llevas cuando las ganas.

—Y lo malo de las guerras ganadas de antemano es la amarga sorpresa que te llevas cuando las pierdes, que suele ser la mayoría de las veces ya que casi todo el que inicia una guerra es porque se cree el más fuerte. Al menos eso era lo que solía decir mi muy querido y nunca suficientemente alabado general Peter Alexander William Golden-Vallis, de quien me hubiera encantado convertirme en discípulo.

—¿El Pedorro?

—Un gran hombre ciertamente admirable, pedos aparte.

Del flemático, heroico, excéntrico y casi mítico general Peter Alexander William Golden-Vallis se aseguraba —y de tales hechos existían incontables testimonios— que cada vez que se disponía a entrar en combate dedicaba casi una hora a efectuar vigorosos ejercicios gimnásticos, golpeándose el vientre y levantando las piernas como un luchador de sumo con el fin de emitir un gran número de sonoras y hediondas flatulencias.

Y es que consideraba de pésimo gusto y falta de respeto hacia sus subordinados dejarlas escapar en plena batalla, teniendo en cuenta que tenía la inveterada costumbre de atacar erguido y con la cabeza muy alta, aunque por desgracia de cintura para abajo su cuerpo —que tan solo se cubría con una sencilla falda escocesa— quedaba encerrado dentro de un claustrofóbico tanque.

Según la pintoresca frase que pronunció en pleno fragor de una feroz contienda: «Las manos de un tanquista deben utilizarse para destruir tanques alemanes, no para tapar narices escocesas.»

Al concluir la guerra fue licenciado con todos los honores, y como a su modo de ver el conjunto de sus antepasados había amasado un excesivo patrimonio por pura tacañería, consideró lógico que —al convertirse en el último eslabón de tan indeseable, avariciosa y poco recomendable estirpe— al final de tan larga cadena genealógica colgara el broche de oro de un auténtico manirroto que supiera dar buena cuenta de cuanto tantos insensatos habían ahorrado estúpidamente.

La noche en que su usurero padre pasó a peor vida, tomó la sabia decisión de encarar su futuro de forma tan equilibrada y precisa como un cronómetro suizo, con el exclusivo fin de disfrutar de la mejor calidad de vida imaginable sin dejar ni una sola cuenta pendiente pero sin llevarse ni un céntimo a la tumba, siguiendo a pies juntillas un sabio precepto local: «Quien tiene una casa, tiene un hogar; quien tiene dos casas tiene dos problemas.»

Solterón convencido, buen bebedor, excelente *gourmet* y mujeriego empedernido, se las había arreglado para vivir como un rey sin mover un dedo y sin agobios durante casi veinte años, calculando que podría continuar al mismo ritmo de gasto hasta su muerte por mucho que tardara en llegar.

Cuando le preguntaban por qué no quería casarse se limitaba a responder: «Nunca he entendido por qué razón algunas mujeres valoran más la mitad de un hombre que comparten que la totalidad del que tienen en exclusiva, pero a la larga he llegado a una conclusión: ser compartido resulta mucho más halagador y divertido.»

Vivió a su aire hasta que un malhadado día se encontró con una inesperada y desagradable sorpresa: un primo lejano del que apenas tenía noticias había muerto de un infarto dejándole en herencia varias fábricas de chocolate.

Y odiaba el chocolate porque aseguraba que le provocaba gases.

Recibió la indeseada notificación con el enojado gesto de quien descubre que el perro se ha orinado en la alfombra, tan desolado que por primera vez colocó los pies sobre la hermosa mesa de despacho de su abuelo, lo cual en otro tiempo le hubiera costado una severa reprimenda por parte de su padre, su madre o incluso su vieja ama de llaves. Y es que aquella estúpida misiva venía a complicarle la existencia obligándole a convertirse en el símbolo de lo que había sido su familia y nunca había deseado ser; un maldito empresario de cuyo estado de humor o grado de avaricia dependía la vida y el futuro de cientos de personas.

Meditó a solas y seriamente sobre tan arduo problema, sopesó los pros y los contras, comprobó que el mero hecho de pensar en ello le impedía concentrarse a la hora de jugar al golf o hacer el amor, y al tercer día convocó en el jardín a los representantes del personal de «sus fábricas» para comunicarles que se las donaba con el fin de que las convirtieran en cooperativas.

Ante su sorpresa, desagrado y decepción, los presentes rechazaron tan generosa oferta alegando que las cooperativas generaban problemas a la hora de repartir acciones teniendo en cuenta los años de antigüedad o los grados de responsabilidad. Según ellos de igual modo provocaban enfrentamientos cuando los sempiternos desaprensivos intentaban hacerse con el control del consejo de administración.

La totalidad de las fábricas funcionaba a la perfección, los trabajadores se sentían a gusto con su trabajo, y preferían continuar como estaban, sin acciones pero con un patrón que continuara dedicado a la envidiable tarea de vivir su vida sin meterse con nadie.

Fue de ese modo como el ex general Peter Alexander William Golden-Vallis se convirtió en el único empresario escocés que jamás puso el pie en ninguna de sus fábricas, probó ninguno de sus productos, ni participó en sus ingentes beneficios.

Murió casi nonagenario tras haber malgastado alegremente —aunque según él «biengastado alegremente»— cuanto había heredado.

Su pintoresco testamento especificaba que cedía su mansión, las treinta mil libras que aún quedaban en el banco y el veinte por ciento de los beneficios de las fábricas a un asilo de prostitutas, haciendo hincapié en que bajo ningún concepto le enterraran en el suntuoso panteón de los Golden-Vallis, alegando que en semejante lugar jamás podría descansar en paz, acosado por los amargos reproches de la pléyade de indignados antepasados con los que se vería obligado a compartir su eterna morada.

Dan Parker se sentía tan feliz como un niño travieso que sabe muy bien que sus padres no van a descubrir sus perrerías.

Durante la última semana se había entretenido en enviar un par de docenas de correos electrónicos desde un servidor que nadie sería capaz de localizar, y ante la posibilidad de verse obligados a pasar años entre rejas, cinco congresistas y dos senadores habían presentado su dimisión alegando motivos personales, razones de salud o simplemente fatiga emocional.

No obstante, algunos recalcitrantes rehusaban abandonar sus escaños, y entre los que oponían mayor resistencia se encontraba *el Intachable* Bolton, que era quien con más brío había hecho gala de una inmaculada honestidad y contra el que nunca se habían encontrado pruebas irrefutables que demostraran lo contrario.

Se recordaban con admiración sus encendidos alegatos a favor de la transparencia en los asuntos públicos, así como sus virulentos ataques a cualquier opositor sospechoso de haber metido la mano donde no debía, con tan descarada hipocresía que hacía inimaginable que alguien que incluso había aspirado a la presidencia de la nación guardara tantos trapos sucios en el desván.

Según los informes que le proporcionara el ínclito Sidney Milius, en sus recónditos armarios se apretujaban infinidad de cadáveres —y no se trataba de una simple expresión literaria—, por lo que en ciertos momentos Dan Parker sintió la tentación de dejar a un lado la diplomacia exigiéndole por la fuerza que se retirara para siempre a su pretenciosa y deliciosamente hortera mansión de Kentucky.

A su modo de ver se merecía un tiro en los huevos, pero tras recapacitar sin ira admitió que ya tendría ocasión de pegárselo cuando no fuera senador.

Sabía por experiencia que demasiado a menudo los políticos actuaban como aquellos avezados profesionales de los espectáculos de lucha libre que no dudaban en insultarse y golpearse con saña en lo que solía ser una actuación casi circense que acababa en un prostíbulo compartiendo chicas y copas.

Evidentemente, el día que *el Intachable* Bolton, azote de corruptos, se derrumbara y toda su basura saliera a flote, Washington zumbaría como una colmena apaleada y más de uno se lanzaría de cabeza al Potomac aunque estuviera helado.

La insólita «epidemia» de renuncias a escaños había provocado alarma y despertado la curiosidad de la mayor parte de los medios de comunicación, algunos de los cuales no habían dudado a la hora de echar mano de sus contactos en la agencia en demanda de algún tipo de explicación.

Pero dichos contactos admitían con encomiable sinceridad que no tenían ni la menor idea de por qué razón estaba ocurriendo lo que estaba ocurriendo en los pasillos del Senado y el Congreso.

Incluso el fiel Spencer mostraba a las claras su desconcierto:

—No entiendo qué relación puede existir, si es que existe, pero desde que se reunió usted con Sidney Milius, un buen número de conocidas ratas de Washington ha echado a correr como alma que lleva el diablo.

—Será porque lo llevan.

—¿Acaso confía que los que ocupen sus escaños sean mejores?

—En absoluto, pero a cada cual le llegará su momento. Y cambiando de tema, Spencer, ¿se acuerda de una chica con la que estuvimos tomando unas copas en el bar del hotel Fontainebleau, en Miami? ¿Una de ojos verdes con el cabello corto y alborotado?

—La recuerdo.

—¿Es cierto que esa noche la acompañó hasta su habitación y no se acostó con ella?

—Me pareció indigno aprovecharse de una pobre muchacha a la que habíamos incitado a beber demasiado.

—Permítame que le diga que en ocasiones es usted un panoli. ¿Recuerda cómo se llamaba?

—Adelaida.

—¡Búsquela!

—¿Para qué?

—Alguien que es capaz de engañar al segundo en el mando de esta agencia merece trabajar para esta agencia.

—¿Qué pretende decir con eso?

—Que aquella «pobre muchacha» era una prostituta; una auténtica profesional.

—¿Cómo lo sabe?

—Porque mi obligación es saber cosas que los demás no saben. Búsquela y deje de hacer preguntas tontas.

—Lo haré, pero le advierto que acarreará un grave problema. Según las normas de la agencia, dos personas que trabajan en la casa no pueden mantener relaciones íntimas.

—¿Acaso está insinuando que pienso acostarme con ella?

—Usted no, pero yo sí. La busqué, la encontré, nos casamos y tenemos dos hijos.

—Joder, Spencer, lo siento. Mis más sinceras disculpas.

—No tiene por qué disculparse. Es lo mejor que me ha ocurrido nunca y me hace tan feliz que consigue que no acabe histérico trabajando a las órdenes de alguien que ni asistió a mi boda ni se molestó en preguntarme con quién me casaba.

—Estaba en Pekín y le mandé un regalo que me costó un ojo de la cara.

—¡Sí, claro! Un jarrón de la dinastía Ming.

—¿Le gustó?

—A mí no, pero a usted sí; se lo regalé por su cumpleaños y he comprobado que lo tiene sobre la chimenea del salón. Pero le advierto que es falso.

—No se pase, Spencer... No se pase.

—No me paso, pero ya que nos estamos sincerando tal vez haya llegado el momento de aclarar las cosas. ¿Qué clase de tratos hizo con Milius, y qué tiene que ver con esa inesperada y asombrosa fuga de políticos putrefactos?

Dan Parker emitió un sonoro suspiro que tal vez pretendía dejar de manifiesto que se sentía en cierto modo vencido o tal vez cansado de tener que soportar una carga ciertamente excesiva sin ningún tipo de ayuda.

Era un hombre acostumbrado a trabajar en equipo dictando órdenes que se obedecían de inmediato, por lo que desde que había tomado la decisión de luchar en soledad se sentía agobiado.

Observó con atención a un subordinado al que en ocasiones no trataba con excesivo respeto pero al que ahora no le quedaba más remedio que envidiar por estar casado con una mujer alucinante, a la par que no le quedaba más remedio que admirar debido a que el mayor experto en corrupción que existía había confesado que resultaba por completo incorruptible.

Al fin inquirió:

—¿Es usted bipolar, Spencer?

—No, que yo sepa. ¿Por qué lo dice?

—Porque sospecho que unas veces está usted en el Polo Norte y otras en el Polo Sur, y eso me desconcierta.

—Tengo entendido que la bipolaridad no tiene nada que ver con la geografía, sino con la disociación de la personalidad, y me temo que es usted el que se siente confuso y en cierto modo bipolar. ¿Aún no confía en mí?

—¿Y cómo coño voy a confiar en alguien capaz de regalarme mis propios regalos...? Pero tiene razón: llegué a un acuerdo con Milius y sospecho que Bolton es un tiburón demasiado grande para izarlo a bordo solo.

—¿Significa eso que estamos trabajando al margen de la agencia?

—¿Cómo que «estamos»...? ¿Qué tiene usted que ver con esto?

—De momento nada, pero si continúo aquí es por usted, y el día que se marche también me iré, o sea que no pienso permitir que ese cerdo le joda. ¿Cómo podríamos pescarlo sin que nos arranque la cabeza de un mordisco?

—Poniéndole un cebo absolutamente irresistible.

—Si está pensando en Adelaida, olvídelo...

VI

—Escucha esto, querido:

Si la producción de alimentos continúa crecien-
do en proporción aritmética, la Tierra no estará en
capacidad de alimentar a unas poblaciones futuras,
que como ya asegurara Robert Malthus, aumentan
en proporción geométrica. Es necesario aproximar
tales factores y para ello no existen más que dos fór-
mulas válidas: o multiplicar las fuentes de alimentación, o dividir drásticamente la tasa de natalidad.

Durante el último siglo hemos arrasado quinientos millones de hectáreas de superficies culti-
vables y las reservas que nos quedan se estiman en
menos de dos mil millones ya muy explotados y
que exigen cada vez más fertilizantes.

Un informe sobre la extensión de terreno suscep-
tible de ser puesto en regadío a lo largo de las costas

de nuestro planeta asegura que, al estar rodeada de mar por tres de sus lados, la Península Arábiga ofrece un potencial de más de cien millones de hectáreas de tierras factibles de ser cultivadas, y eso significa que con una insolación garantizada de más de trescientos días al año, se conseguirían dos cosechas de frutas y hortalizas.

Por ello resulta importante hacerse una idea de hasta qué punto aumentarán las reservas de tierras con todo su potencial intacto, si se consideraran las costas desérticas de África, Australia y Sudamérica.

El futuro se presentaría esperanzador a condición de demostrar que realmente el hombre no solo ha sabido vencer el reto de conquistar el espacio, donde por cierto no se le ha perdido nada, sino de conquistar las regiones aún no explotadas, así como los océanos, convirtiéndolos en nuestros mejores aliados.

Tenemos la obligación de demostrar que ese treinta y seis por ciento de la superficie del planeta que hasta este momento se consideraba muy poco aprovechable para la producción de alimentos, puede quedar reducida a la mitad, regando los desiertos.

—Muy interesante e incluso diría que impresionante, pero no veo que el autor mencione la forma de regar esos desiertos y producir más alimentos. Es como asegurar que puedes hacerte rico jugando a la lotería pero sin decir qué número debes comprar para que te toque.

—En eso tienes razón, ya ves tú.

—Proliferan los intelectuales que diseccionan los problemas e indican el camino a seguir para resolverlos, pero en cuanto inicias ese camino descubres que acaba en el vacío; es como alabar lo fabuloso que resultaría ir en coche antes de haber inventado la rueda.

—A veces resultas asquerosamente pesimista.

—Nunca he conocido a nadie «deliciosamente pesimista», querida, pero sí he conocido a muchos «asquerosamente optimistas».

—¿Debo darme por aludida?

—En absoluto; lo que ocurre es que siempre he preferido anteponer la lógica a cualquier otro concepto. Recuerdo que cuando montábamos el belén siempre le pintaba la cara de amarillo, con grandes bigotes caídos y ojos rasgados al rey Gaspar. Aunque mi madre se enfadaba porque aquel «acto vandálico» constituía un indigno atentado contra una de las más arraigadas tradiciones religiosas y familiares, mi padre me apoyaba visto que mi razonamiento se le antojaba lógico.

—¿Qué clase de razonamiento?

—Yo alegaba que si los tres reyes que acudían a adorar al recién nacido eran «Magos de Oriente» y la cultura predominante en Oriente era la china, resultaba lógico y equitativo asignarles un representante ante el Niño-Dios, ya que además es cosa sabida que los amarillos constituían casi la tercera parte de la población mundial.

—Conociéndote como te conozco no me sorprende.

—A mi modo de ver, dos reyes blancos y uno negro, que además se mencionaba siempre en último lugar, se convertía en una inaceptable prueba de racismo y falta de equidad.

—Al fin y al cabo tan solo se trata de una especie de alegoría: en algunos cuadros de grandes artistas se les representa vestidos con ropajes de quince siglos más tarde y nadie ha puesto el grito en el cielo por semejante despropósito.

—Porque seguían siendo dos blancos y un negro, y ten por seguro que cuando los vistan de astronautas cometerán la misma injusticia.

—Esa maldita costumbre tuya de ver las cosas desde una perspectiva tan personal nos ha acarreado infinidad de problemas y seguirá haciéndolo. Admito que lo que es injusto continúa siendo injusto pese a que vaya en contra de la tradición, pero en tu caso constituye una prueba más de cabezonería, aunque no sé por qué me sorprendo.

—¿A qué se debe esa manía de considerar cabezonería todo cuanto signifique no aceptar lo «políticamente correcto»? Lo mismo me ocurría con el ajedrez, en el que está claro que todas las piezas, incluida la reina, tienen la obligación de ser valientes y luchan hasta morir. De niño a mí eso no me cuadraba porque consideraba que los reyes tenían la obligación de marchar al frente de sus ejércitos combatiendo como leones en defensa de su dama. Pero en el ajedrez no es así; en el ajedrez los reyes, tanto el blanco como el negro, que en este caso no existe discriminación racial, son unos «cagados» que se ocultan tras las faldas de su mujer; en cuanto los acosan se limitan a escapar, pasito a pasito y casi dando grititos de espanto, como viejas aterrorizadas, y a las primeras de cambio se rinden tumbándose espatarrados. Para una mentalidad infantil aquella actitud chocaba contra cuanto me habían enseñado sobre monarcas enamorados, galantes y aguerridos.

—Me alegra haberte conocido cuando ya estabas crecidito, porque si te hubiera conocido de niño te habría escupido...

—No veo la razón cuando lo que pretendes es ser consecuente. Lo mismo me ocurría con los perros: aceptaba que hubiera un perro policía, otro guardián, otro pastor y otro cazador, pero no que existiera un «perro labrador» puesto que nunca había visto a ninguno plantar lechugas o recoger alfalfa. Sin embargo yo tenía uno que se pasaba horas a la orilla del río atrapando truchas; se divertía como un loco, mi madre le daba una galleta por cada trucha que traía, pero nadie aceptaba que mi perro fuera un «perro pescador».

—Si cuando yo digo que me casé con un maniático de la lógica...

La interrumpió un estruendo que aumentaba de volumen y se volvieron a observar a través del abierto balcón cómo por el sendero flanqueado de higueras se aproximaba una aparatosa motocicleta que iba dejando a su paso una espesa columna de polvo.

La conducía un mozarrón cubierto con un casco rojo y enfundado en un traje de cuero negro reforzado a tal punto que recordaba a un guerrero espacial surgido de una película galáctica.

Cuando descendió de la rugiente máquina, con su enorme humanidad y semejante vestimenta, resultaba impresionante, puesto que incluso la voluminosa Vicenta, que había salido a recibirle, pasaba desapercibida a su lado.

No se despojó del casco, ni aun de los guantes; se limitó a abrir un compartimento de la parte lateral de su vehículo, entregar un paquete, saludar con un casi imperceptible ademán de cabeza y regresar por donde había venido a la misma endemoniada velocidad.

Claudia permaneció unos segundos profundamente pensativa para acabar por inquirir:

—¿Cuánto hace que no te subes a una moto?

—Por lo menos seis años.

—Pues creo que ha llegado el momento de volver a hacerlo.

—¿Y por qué te interesan ahora los motoristas?

—No me interesan los motoristas; me interesan sus trajes.

—Tal como habíamos convenido, he modificado el testamento dejándole a Mark todo lo que tengo excepto una empresa que en apariencia te cedo como justa compensación a los malos ratos que te he hecho pasar durante todos estos años; Horses, horses & horses.

—No los compensarías ni regalándome la General Motors, pero la acepto aunque no entiendo a qué viene tanto caballo.

—A que cuando se creó, hace ya un par de siglos, los caballos resultaban imprescindibles; mi familia los compraba en tiempos de paz y los vendía en tiempos de guerra porque un ejército sin caballería era como un ejército sin cañones. Durante la famosa Carga de la Caballería Ligera, los casi seiscientos animales que se perdieron en aquella batalla habían sido nuestros.

—Por lo que tengo entendido, junto a esos animales murieron la mayoría de sus jinetes... ¿También habían sido vuestros?

—¡Oh, no, querida! Los tiempos de la esclavitud habían pasado, pero el negocio de los caballos continuó siendo rentable, aunque cada vez más limitado a los de pura raza. Debido a ello las empresas se diversificaron y mi abuelo decidió que Horses, horses & horses dejara de figurar entre nuestros activos, dado que resultaba imposible continuar justificando tan cuantiosos gastos sin ofrecer contrapartidas que los justificaran.

—¿O sea que no rinde beneficios?

—Fabulosos.

—¿Criando animales destinados a los hipódromos o a esos concursos hípicos en los que niñas pijas buscan marido entre jinetes pijos? No imagino que algo así pueda proporcionar «fabulosos beneficios».

—Por uno de esos caballos se han llegado a pagar cinco millones de libras, pero no es ahí donde radica ese beneficio. Desde hace ciento treinta años el principal activo de la empresa reside en la «selección, cría y entrenamiento» de provocadores de pura raza.

—¿Has dicho provocadores?

—Eso he dicho. ¿Sabes lo que es un provocador?

—Naturalmente.

—Pues bien; invertimos cuantiosas sumas en elegirlos, adiestrarlos y mantenerlos a punto, en ocasiones sin obligarles a trabajar, pero siempre dispuestos a hacerlo en el instante oportuno. En estos momentos tenemos en nómina una amplia gama de fascistas y comunistas, chiítas y sunitas, hutus y tutsis, paramilitares y guerrilleros, integristas islámicos y antiintegristas islámicos, judíos y palestinos, pro rusos y pro ucranianos.

—¿Me tomas el pelo?

—En absoluto. Tenemos gente siempre lista para actuar allí donde exista, pueda existir o «se pueda generar» un conflicto que resulte beneficioso para cualquiera de nuestros numerosos clientes, sea cual sea el bando que prefieran.

Lord Robin Morrison Caine hizo una estudiada pausa durante la cual pareció regodearse en el desconcierto de su por lo general impasible nuera, y cuando consideró que se encontraba lo suficientemente perpleja añadió:

—Si quieres obtener una buena cosecha tienes que abonar la tierra, plantar buenas semillas y regarlas. Lo mismo ocurre si quieres conseguir una buena guerra porque la gente acepta una ridícula tesis según la cual los grandes conflictos armados se generan a causa de confrontaciones étnicas, religiosas, territoriales, económicas e incluso políticas, pero ignora un detalle esencial: la mayor parte de los casos tales enfrentamientos nunca estallan a no ser que surja una chispa que prenda la mecha. Recuerda el caso del acorazado *Maine*; las causas de la explosión nunca quedaron claras, pero la opinión pública estadounidense, avivada por los periódicos de Hearst y Pulitzer, culparon a los españoles, que a la larga perdieron la isla de Cuba y con el tiempo acabó cayendo en manos de Fidel Castro. Alguien muy bien entrenado tenía que estar allí con el fin de conseguir que ese barco estallara en el lugar preciso y en el momento preciso.

Lord Robin se tomó más tiempo del necesario a la hora de encender su habano, como si aquella llama contribuyera a reforzar sus palabras, y tras lanzar una larga bocanada de humo observó cómo se perdía rumbo a la lámpara antes de añadir:

—No estoy insinuando que fuera uno de los nuestros, sino tan solo que era uno que sabía su oficio y eso exige preparación, porque una bala perdida no es la que se dispara, no da en el blanco y tal vez mate a alguien; una auténtica bala perdida es la que no se ha conseguido vender y por lo tanto genera pérdidas.

—Y supongo que cuestan caras...

—Mucho, puesto que se fabrican a diario y por millones. Se calcula que existen unas cinco mil por cada ser humano que podrían matar.

—¿Tocamos a cinco mil balas por cabeza?

—Demasiadas incluso teniendo en cuenta que la gente suele tener muy mala puntería, y por ese motivo se hace necesario dar salida a una mercancía que ocupa bastante espacio. La misión de nuestros equipos es arar la tierra, plantar las semillas y «regarlas» a ambos lados de la línea divisoria.

—¿Estás hablando de provocadores dobles?

—Exactamente.

Ritza Morrison Caine, de soltera Ritza Collins, dedicó unos segundos a meditar en el significado de cuanto acababa de revelarle su aborrecido suegro, y al fin hizo un leve gesto de asentimiento.

—Entiendo; los provocadores apalean olivos y la familia Morrison Caine recoge aceitunas.

—Veo que, efectivamente, lo entiendes. La generación de conflictos siempre ha constituido una inversión sumamente productiva a condición de que se produzcan en países lejanos y los contendientes necesiten armas. Una mente obcecada por prejuicios ancestrales o por desesperadas ansias de poder rara vez piensa en que está hipotecando el futuro, sobre todo cuando no se trata de su futuro sino del de sus conciudadanos.

—¿O sea que cuando arrojas al mar a unos cuantos negros enfermos acabas siendo el Capitán Mierda, pero cuando propicias que masacren a miles de blancos, negros o amarillos perfectamente sanos acabas perteneciendo a la Cámara de los Lores? Empiezo a sospechar que, en comparación con los tuyos, mis antepasados fueron inofensivos monjes franciscanos.

—Así es la vida, querida; así es la vida, y la prueba está en que ahora tú te encuentras a ese lado de la mesa y yo a este otro. ¿Te he contado alguna vez cómo se forjó la fortuna de los Rothschild? Uno de sus tatarabuelos organizó un sistema de postas y señales secretas visibles desde ambos lados del canal de La Mancha, de tal forma que fue el primero en conocer el resultado de la batalla de Waterloo. Pero mintió como el gran bellaco que era, asegurando que habían vencido a Napoleón y que su ejército avanzaba a marchas forzadas decidido a invadir Inglaterra aprovechando que se encontraba desguarnecida. Lógicamente cundió el pánico y miles de aterrorizados inversores malvendieron sus acciones, que él las compraba a precio de ganga. Cuando se supo la verdad se había hecho incalculablemente rico.

—Una provechosa mentira.

—Cuando las mentiras resultan provechosas dejan de ser mentiras y se convierten en astutas maniobras especulativas que con el tiempo permiten adquirir títulos nobiliarios. Por suerte la batalla de Waterloo tuvo lugar en junio, mi familia se encontraba aquí, donde las noticias llegaron con cierto retraso y mi tatarabuelo no cayó en la tentación de vender sus acciones.

—Como lección de estrategia comercial resulta provechosa, pero no entiendo qué tiene que ver con la situación actual.

—La «situación actual» no viene a ser más que la «situación de siempre», aunque con una ligera capa de maquillaje debida al paso del tiempo, querida; el dinero siempre necesita más dinero puesto que el capital es un insaciable caníbal que se alimenta de más capital o muere por inanición.

—Eso sí que lo sé por experiencia.

—Tal como sentenciara un desvergonzado miembro de esa misma Cámara de los Lores: «La paz crece en silencio y hace prosperar a los pueblos, pero las fortunas crecen en los campos de batalla y bajo el estruendo de los cañones.» Procuremos que nunca escaseen tales batallas ni tales cañones.

—¿Acaso ese miembro de la Cámara era un antepasado tuyo...?

—No, aunque merecía serlo. Y ahora vayamos a lo que importa; hemos recibido un encargo que se convertirá en tu bautismo de fuego, pero antes de seguir negociando debo advertirte que en el transcurso de la operación se producirán algunas bajas.

—¿Muchas?

—Dos muertes por una causa injusta siempre serán muchas; dos millones por una causa justa siempre serán pocas.

—Y presupongo que esta debe de ser abiertamente injusta...

—Las causas justas nunca producen beneficios; tan solo satisfacciones de índole personal que no cotizan en bolsa. ¿Lo tomas o lo dejas?

—Lo tomo.

—¿Sin detenerte a contabilizar el número de esas bajas?

—¿Qué bajas...?

—Así me gusta, o sea que siguiendo la tradición marinera que tantas victorias ha proporcionado a nuestra gloriosa armada, pasaré a ser un veterano almirante que disfruta de un merecido retiro mientras observa desde una paradisíaca playa cómo maniobra en mar abierto el comodoro que ha designado para dirigir su flota.

—Creo que en esta vida me han llamado de todo menos «Comodoro».

—¡Doy fe! Te han llamado de todo y probablemente a partir de ahora será aún peor, pero como veo que estás dispuesta a asumirlo, vayamos a lo que importa: ¿sabías que un tercio del gas que consume Europa procede de Rusia y que la mitad llega a través de Ucrania?

—¿Y cómo no saberlo? Los medios de comunicación hablan de ello a todas horas a causa del creciente aumento de los conflictos entre rusos y ucranianos.

—En efecto, hablan mucho pero nadie encuentra soluciones; nuestro trabajo, es decir, el tuyo a partir de ahora, consiste en que ese problema continúe sin solucionarse.

—¿Que continúe sin solucionarse?

—Eso he dicho. E incluso sería más apropiado puntualizar que lo que en verdad interesa es que se encone y acentúe con la mayor rapidez y virulencia posible.

—¿O sea que no quieres que siga llegando gas ruso?

—¡Oh, yo no, querida! A mí me importa muy poco porque, como sabes, la casa se calienta con electricidad, y las chimeneas con leña. Son nuestros clientes los que están interesados en que el suministro de gas ruso se reduzca al mínimo. Y pagan muy bien.

—¿Por qué razón?

—Las razones de los clientes no son de nuestra incumbencia; debemos limitarnos a hacer lo que nos piden y pasar una factura que saben que deben abonar porque les va la vida en ello. Y esta va a ser muy abultada puesto que los americanos han ofrecido aumentar sus exportaciones de energía hacia Europa y eso les inquieta.

—Por lo que sé, esa oferta es inviable ya que las leyes americanas prohíben expresamente la exportación de petróleo; prefieren comprarlo fuera y mantener sus reservas.

—Sin embargo esas leyes no afectan a sus productos derivados del petróleo, lo cual deja abierta a Europa la posibilidad de comprarles gas.

—¿Acaso a alguien se le ha ocurrido la peregrina idea de tender un gaseoducto por el fondo del Atlántico?

—En absoluto. Y pese a que hoy en día no se dan

las condiciones a la hora de enviar todo el gas licuado que necesita Europa a base de peligrosos buques-cisterna siempre expuestos a atentados terroristas, nuestros clientes se inquietan y nos meten prisa.

—¿Y cuál es nuestra misión?

—Procurar que los enfrentamientos aumenten; cuanto más se maten los rusos y los ucranianos, menos gas con destino a Europa circulará por sus tuberías.

VII

—Creo que he encontrado un camino que puede llevar a la solución de una buena parte del problema.

—¿Qué problema?

—Reducir el hambre en el mundo.

—¿Reducir el hambre en el mundo? Tú mismo has asegurado que resulta imposible. ¿Es que has perdido el juicio?

—Nunca me he sentido tan cuerdo y ten presente que no he dicho que haya encontrado la solución al problema del hambre en el mundo; de momento tan solo he encontrado el camino que conduce a su raíz, y en el colegio me enseñaron que descubrir la raíz de un problema es el primer paso a la hora de solucionarlo. Es como arreglar un motor que no arranca; tan solo funcionará cuando descubras qué conexión falla o qué conducto está obstruido.

—¿Y cuál sería esa raíz?

—Reconocer que hasta el presente lo hemos estado haciendo rematadamente mal. Es más; admitir, sin vergüenzas ni tapujos, que hemos hecho lo contrario a lo que deberíamos haber hecho.

—¿Y es?

—Piensa un poco.

Claudia se puso en pie evidentemente molesta; se aproximó al balcón con el aparente fin de comprobar que el niño se encontraba tranquilo bajo la atenta mirada de Vicenta, y sin tan siquiera volverse masculló:

—Me parece estúpido jugar a los acertijos cuando hablamos de salvar vidas. No es propio de ti.

—Sí es propio de mí, y no se trata de un juego, sino de ratificar que he encontrado un camino correcto y para ello necesito comprobar que ni siquiera a alguien tan inteligente como tú se le había ocurrido que pudiera existir ese camino.

—Aclárate.

—Eres culta, has traducido decenas de libros, te duele el sufrimiento de los millones de seres humanos, especialmente niños, que mueren en los países del tercer mundo, y sin embargo, pese a tener tantos factores a tu favor, no eres capaz de intuir qué es lo que estamos haciendo mal... ¿O sí?

—Decididamente no.

—Y no te culpo, puesto que yo, que estoy en las

mismas circunstancias, tampoco lo había visto y ahora me doy de cabezazos contra la pared por haber demostrado ser tan estúpido, estúpido y condenadamente estúpido...

—Si lo que pretendías es desconcertarme lo has conseguido, o sea que desembucha de una vez.

—No.

—¿Por qué?

—Porque quiero que medites sobre ello, con lo que tal vez llegues a mis mismas conclusiones.

—¿O sea que no pretendes que acepte tu teoría, sino que la corrobore antes de haberla aceptado?

—Respuesta correcta.

Claudia regresó a la mesa, se sirvió una copa, se la bebió de un trago, meditó unos instantes y concluyó por asentir:

—¡De acuerdo! Vuelve a plantearme el enunciado de esa maldita pregunta.

—Es sencillo; ¿qué hacen los países ricos a la hora de intentar mitigar el hambre de los países pobres?

—Enviarles alimentos, pero no vengas con ese manido argumento que preconiza que lo importante no es regalar un pez, sino enseñar a pescar.

—De poco serviría enseñar a pescar en un mar donde no hay peces. Es más; ni siquiera hay mar.

—¿No hay mar?

—Estamos hablando preferentemente de los países

del Sahel, que son los que actualmente están padeciendo las peores hambrunas.

—¡De acuerdo! Enseñar a pescar a un subsahariano resulta una soberana estupidez. ¿Qué es lo que propones? ¿Dejar de enviarles alimentos?

—No.

—¿Entonces?

—Piensa.

—No se me ocurre nada.

—Pues sigue pensando.

—Y tú deja de tocarme las narices y dame una pista.

—Tienes todas las pistas que necesitas, conoces el problema y por primera vez alguien te indica, y no es una majadería de las que acostumbro, que existe un sistema que puede paliar de forma considerable el hambre de esa parte de África. ¡Piensa, diablos! ¡Piensa!

—¡Vete al carajo, diablos! ¡Vete al carajo! Si no les enviamos alimentos, ¿qué demonios podemos hacer? ¿Traerlos a Europa?

—En absoluto.

—¡Menos mal! Está demostrado que no sabemos dónde meterlos ni qué hacer con ellos. ¡Veamos...! Si no se trata de acogerlos o enseñarles a pescar, y debemos seguir enviándoles alimentos, intuyo que la raíz del problema debe encontrarse en esos mismos alimentos.

—¿Ves como eres capaz de pensar?

—Siempre he sabido pensar, pero continúo sin entenderte, lo cual, por desgracia, me sucede demasiado a menudo.

—Pero te vas acercando. ¿Qué es lo que solemos enviar a esos países?

—No lo sé exactamente: supongo que harina, arroz, maíz, mijo, lentejas, garbanzos, judías o leche en polvo.

—¡Justo! Todo cuanto contribuye a multiplicar sus problemas.

—¿Qué quieres decir con eso?

—Piensa.

—Mis neuronas amenazan con declararse en huelga.

—Está bien, te daré una nueva pista: imagínate que eres muy pobre y vives en Somalia, Etiopía, Sudán, Chad, Níger o Mali, y yo, que soy muy rico, te envío kilos de arroz, harina, maíz, mijo, lentejas, garbanzos o judías, sean blancas o negras. ¿Tú qué haces?

—Comérmelos.

—¿Crudos? Crudos, el arroz, la harina, el maíz, el mijo, las lentejas, los garbanzos o las judías, sean blancas o negras, resultan indigeribles y apenas alimentan.

—¡No! Naturalmente que no me los comería crudos; los cocinaría.

—¿Utilizando qué?

—Agua.

—Pero el principal problema de Somalia, Etiopía, Sudán, Chad, Níger, Mali y la mayoría de los países en los que la gente se muere de hambre estriba en que también se mueren de sed. Y se puede vivir sin comer casi dos semanas, pero no se puede vivir sin beber más de tres días, o sea que, repito, lo que estamos haciendo es multiplicar su principal problema, ya que se ven obligados a emplear la poca agua que tienen para beber en cocinar los alimentos que les enviamos.

—¡Coño...!

—El tuyo me encanta, pero no es momento de frivolidades. ¿Empiezas a comprenderme?

—Empiezo.

—Si no recuerdo mal, a la hora de hacer una paella, por cada taza de arroz se deben añadir dos de agua. ¿Me equivoco?

—Pregúntale a Vicenta, que es la que sabe de eso. A mí, si me sacas de la pasta y las ensaladas estoy perdida.

—Lo sé por larga y amarga experiencia, pero no hay que ser un genio de la cocina para entender que, excepto el maíz, con el que puedes hacer palomitas, todo lo demás necesita agua.

Claudia regresó al balcón, sonrió al ver cómo el niño reía a carcajadas mientras la mujerona intentaba atrapar una escurridiza gallina, y al poco se volvió como dándose por vencida:

—Por una vez, y sin que sirva de precedente, admito que tienes razón; no se me ocurre qué diablos se podría hacer sin agua.

—O sin combustible...

—¿Cómo has dicho?

—Que en Somalia, Etiopía, Sudán, Chad, Níger, Mali y la mayoría de los países que no tienen agua, tampoco tienen casi nada con lo que alimentar un fuego. Todo ello viene a significar que cada día que pasa añadimos miseria a su miseria.

—¡Vaya por Dios! Nunca lo habría pensado.

—No se trata de pensar, sino de observar. Solemos ver en la televisión a una pobre mujer cocinando con cuatro tristes ramas, e incluso utilizando excrementos de animales, pero no nos fijamos en que mientras intenta que el arroz se ablande lo suficiente como para volverse comestible, parte de esa agua se evapora.

—Tampoco había caído en ese detalle.

—Porque jamás te ha preocupado el vapor que se pierde cuando estás preparando espaguetis. Para ti ese vapor resulta casi invisible, pero es vida que se escapa hacia la nada; la vida de niños que no la podrán beber mañana.

—La intención de enviar alimentos es buena.

—Recuerda el viejo dicho: «El infierno está empedrado de buenas intenciones.» Y la mejor prueba la tenemos en nosotros mismos; hace un año intentamos hacer las cosas bien controlando el abuso de las comunicaciones en las redes de internet, pero resulta evidente que jodimos a muchos.

—También ayudamos a otros muchos.

—Pero aún no hemos echado cuentas sobre el «haber» o el «debe». Y prefiero no hacerlo.

—¿Acaso te arrepientes?

—Ni lo sé, ni quiero saberlo, pero hay algo que me sirve de disculpa y aliciente; si por haber actuado como lo hicimos hemos llegado a este punto, vale la pena.

Claudia extendió la mano, acarició con suavidad la de su esposo y le vinieron a la mente los difíciles momentos que habían vivido durante una alocada aventura en la que se habían enfrentado solos al inmenso poder del sistema establecido, y una vez más se sintió profundamente orgullosa de haberle elegido por compañero.

Ratón de biblioteca, termita devoradora de palabras, maniático hasta lo exasperante a la hora de trabajar a mano, con letras enormes, claras e impecables sobre gruesas hojas de papel color crema cuando lo conoció lo único que compartían era su admiración por la obra de Alberto Moravia, por lo que jamás se le pasó por la cabeza que algún día el destino decidiese dotar de una serie de sorprendentes poderes y una desconcertante capacidad de raciocinio a alguien cuya única ambición conocida era tomar el sol en la mecedora del porche o recorrer una y otra vez senderos de montañas por los que podría transitar incluso con los ojos cerrados.

Tampoco entendió muy bien por qué llegaron a casarse, y tal vez la única explicación válida se encontraba en una frase que había traducido muchos años atrás:

El amor es un misterio con un millón de años a sus espaldas, repetido a diario en cada rincón del mundo, pero no por ello menos desconocido y sorprendente. Surge de improviso sin razón aparente, se alimenta de sí mismo, crece y en ocasiones muere al igual que nació, sin razón alguna que sirva para aclarar por qué llegó o por qué se fue, qué cuna lo meció o en qué tumba se enterró.

La máxima autoridad en la materia, Josué de Castro, había afirmado en su famoso libro *Geografía del Hambre* que las consecuencias del hambre aguda sobre ciertas poblaciones indígenas provocaban apatía, indiferencia y falta de ambición. Tal comportamiento estaba considerado por los ignorantes como mera desidia o una especie de melancolía racial, pero al parecer su principal causa era un hambre crónica, ya que la deficiencia en ciertas vitaminas comenzaba por embotar el apetito y cuando el individuo no sufría hambre física había perdido su mayor estímulo: la necesidad de comer. Resultaba muy difícil luchar contra tales prejuicios, puesto que el propio Josué de Castro también había afirmado que los hombres cazadores y más tarde los hombres agricultores aprendieron a convivir respetando la naturaleza, pero hacía menos de doscientos años que habían hecho su aparición los hombres industriales, arruinando en poco tiempo la labor de sus antecesores.

Y para colmo ahora habían irrumpido en escena los temidos e imparables hombres cibernéticos.

Sin dejar de acariciarle la mano observó a su marido como si lo viera por primera vez, o como si quien se sentaba al otro lado de la mesa fuera un completo desconocido. Agradeció sinceramente que le hubiese sido concedida la oportunidad de admirar cada día más a aquel con quien compartía su vida, puesto que cosa extraña era que el paso del tiempo y los continuos roces no deterioran unas relaciones que por lo general solían ir de mayor a menor.

—¿O sea que, según tú, el hambre en una gran parte de África se basa en la falta de alimentos, la falta de agua y la falta de combustibles?

—¡Exactamente! Son tres elementos aislados pero imprescindibles para la supervivencia, y lo peor estriba en que en el Sahel los tres se han ido reduciendo por culpa de un brutal cambio climático que ha traído como consecuencia devastadoras sequías.

—¿Y las sequías han traído como consecuencia la disminución de combustible visto que reduce la vegetación?

—Así de sencillo.

—Eso quiere decir que nos hemos comportado como unos auténticos cretinos a la hora de obligar a los países ricos a enviar toneladas y toneladas de arroz, harina, maíz, garbanzos o leche en polvo a quienes no pueden utilizarlos.

—Eso me temo, querida mía; les estamos enviando una única pata de un trípode que no solo no se sostiene en pie, sino que agudiza el problema.

—¡Pues qué bien! ¡Qué listos somos!

—Listo, o quizás sería mejor decir «inteligente», no es aquel que nunca comete errores, sino aquel que es capaz de admitir que los ha cometido.

—¿Y qué podemos hacer?

—Lo que deben hacer las personas decentes cuando descubren que han cometido un error: intentar enmendarlo.

—¿Cómo?

—Pensando, cariño. Pensando.

—Me asombra verle aquí. ¿Acaso pretende que lo meta entre rejas, o está buscando que alguien lo reconozca y le corte el cuello por haberle arruinado?

—Ni una cosa ni otra. Lo que busco es recuperar mi vida ofreciéndole un trato que no podrá rechazar; su presidente me exculpa de la falsa y descabellada acusación de haber sido el máximo dirigente del grupo Medusa, y por lo tanto no tengo nada que ver con el desastre ocurrido en Mónaco, y yo a cambio les proporciono una información vital a la par que no hago pública otra que puede hundir a su administración en un pozo sin fondo.

Dan Parker observó con redoblada atención al siempre aborrecible Sidney Milius y resistió la tentación de responderle con un exabrupto al comprender que parecía muy seguro de sí mismo.

Debía de estarlo puesto que le había citado en un lujoso apartamento desde cuyos ventanales se distinguían el río y la cúpula del Capitolio y lo ocupaba con la naturalidad de quien no teme por su seguridad, como si se sintiera protegido por un poderoso ejército de guardaespaldas.

Al fin admitió a regañadientes:

—Le está echando muchos cojones, Milius. ¿Sabe cuánto ofrecen por su cabeza?

—Menos de lo que vale.

—Siempre tan humilde.

—Es que sigo siendo el mejor *hacker* que existe; fui el primero en diseñar los modernos sistemas de protección y el que sentó las bases de sus estrategias de ataque y defensa. Quien mejor puede destruir una fortaleza es el ingeniero que la construyó porque es el único que conoce los pasadizos secretos que llegan al punto que nunca alcanzarían los cañones; la cámara real.

Se tocó repetidamente la frente con el dedo índice al añadir:

—Y añadiré, sin el menor pudor, que lo que en estos momentos encierra esta valiosísima cabeza podría evitar una guerra. Y sería una guerra muy sanguinaria y económicamente catastrófica.

—¿El enfrentamiento entre pro rusos y pro ucranianos?

—Que puede desembocar rápidamente en un enfrentamiento entre pro rusos y pro todos los demás.

—Ese sí que es un problema que en verdad me preocupa.

—Pues en sus manos está solucionarlo, porque les puedo aclarar qué es lo que está detrás de esos conflictos.

—Lo sabemos; es el gas.

—Sabía que lo sabían, pero también que no tienen ni la menor idea de quién «le prende fuego» a ese gas, y por orden de quién lo hace. Según parece Ucrania cuenta también con una enorme reserva de gas esquisto aún sin explotar, pero le aseguro que los tipos a los que me refiero tampoco quieren que llegue a Europa. Prefieren que los europeos se congelen.

—¿Pretende hacerme creer que sabe quiénes son?

—No todos, pero sí algunos.

—¿Acaso presume de saber más que mi agencia?

—Presumo de estar informado de absolutamente todo cuanto ocurre en su agencia; de lo poco que sabe y lo mucho que ignora, porque tengo libre acceso a sus ordenadores.

—Lo dudo.

—Su obligación es dudar, Parker, y es por ello que admito que debe dudar tanto de lo que yo le digo, como de lo que usted me dice.

Le tendió un papel en el que aparecían escritos una serie de números al tiempo que ensayaba la más ladina de sus sonrisas:

—Esta es la clave de su conexión privada con el presidente, y tengo grabado todo cuanto se han dicho durante las dos últimas semanas porque yo puedo entrar sin ninguna oposición en los ordenadores de la Casa Blanca, mientras que la Casa Blanca nunca conseguirá entrar en el mío. ¿Le basta con eso?

—Me basta para encerrarle por el resto de su vida.

—Hágalo y pasado mañana todos los internautas del planeta le estarán volviendo loco con una lluvia de mensajes con los que le chantajearán o le tomarán el pelo. ¿Tiene idea de cuánto tiempo y cuánto dinero le costaría recomponer sus maltrechos sistemas de seguridad? Y desde luego se convertiría en el hazmerreír del mundo.

Dan Parker echó un nuevo vistazo al pedazo de papel, comprobó que no existía ningún error ya que aquella era una clave que se sabía de memoria, y acabó por lanzar un sonoro bufido:

—Es usted un bastardo, Milius; un auténtico malnacido.

—Pero usted no me va a la zaga, puesto que se las ingenió para que me mezclaran con unos delirantes lunáticos a los que no he visto en mi vida. Hacer que me acusaran de haber diseñado una chapucera Máquina Interceptora de Ondas Electromagnéticas que no sirve ni para matar piojos fue una sucia jugarreta que ha estado a punto de costarme la vida.

El encogimiento de hombros de su interlocutor fue como un mudo reconocimiento de culpabilidad.

—Me ordenaron proteger a Medusa, alguien tenía que pagar los platos rotos, y usted había comprado todas las papeletas de la rifa. De no haberle elegido como cabeza de turco los servicios secretos de medio mundo andarían buscando a los cabecillas de eso que usted llama «delirantes lunáticos».

—Los atraparé aunque tenga que dedicar a ello el resto de mi vida.

—Pues sospecho que resultará imposible puesto

que no utilizan teléfonos ni ordenadores, y por lo tanto sus armas no le sirven. Son como bestias prehistóricas a las que pretendiera cazar con escopetas de feria.

—¿Y cómo se comunican?

—Por carta.

Sidney Milius reaccionó como si hubiera recibido una patada en la entrepierna para repetir casi estupefacto:

—¿Por carta? Hoy día nadie en su sano juicio se comunica por carta.

—Ellos sí, y demuestran estar en su sano juicio porque cuando exigen algo se limitan a enviarnos una. ¿Se le ocurre cómo diablos encontrar al autor de una miserable carta si el remitente ha tenido la precaución de no dejar huellas y además la ha depositado en cualquier buzón de cualquier ciudad de cualquier país del mundo?

—En absoluto, y se me antoja un sistema rudimentario pero ciertamente eficaz. Con razón no he conseguido pistas fiables que me conduzcan a ellos.

—Probablemente se deba a que andaba buscando huellas de tigre y son de dinosaurio.

—A la vista de semejante cúmulo de circunstancias anómalas, y casi se podría decir que pintorescas, quiero suponer que probablemente nos iría bastante mejor como aliados que como enemigos.

—¿Insinúa que podría trabajar para mí?

—Insinúo que podría trabajar «con» usted. De igual a igual, visto que si me salva el trasero yo salvo el suyo. Es más; con la información que puedo proporcionarle conseguiré sentar el suyo en la cima de la montaña.

El otro negó convencido:

—Prefiero que se quede en esta silla porque hoy en día resulta bastante arriesgado exhibirlo. Nunca se sabe a quién le va a gustar.

—¡Vaya! Volvemos a entendernos. ¿Qué opina de mi propuesta? Yo no hago públicas las claves de sus ordenadores y les cuento quién se dedica a prenderle fuego al gas, y ustedes me declaran inocente de todos mis pecados.

—¿Esos a los que se refiere son los que derribaron un avión de pasajeros sobre Ucrania?

En esta ocasión Sidney Milius se limitó a abrir las manos en un gesto que evidenciaba su total ignorancia.

—Eso no estoy en condiciones de asegurarlo y nunca negocio con información que no he conseguido contrastar, pero si esos sucios carroñeros, que viven de provocar que la gente se mate entre sí, no se dedicaran a alentar a los de ambos bandos azuzando a los unos contra los otros, probablemente los pasajeros de ese avión seguirían con vida.

—Le noto excitado. A ver si va a resultar que tiene usted sentimientos. ¡Menuda sorpresa!

—¿Sabe cuántos niños viajaban en ese avión?

—No lo recuerdo, pero muchos.

—Pues bastaba con uno. Y dejemos el tema porque me desagrada y a mí lo único que me interesa es moverme con total libertad para poder cazar a esa maldita Medusa.

VIII

—Como no dispongo de comunicación con las redes de internet, le he pedido a la secretaria de mi editor que haga algunas gestiones entre las asociaciones de ayuda humanitaria, y me ha confirmado que este año se prevé una sequía más severa que nunca en el Sahel, por lo que no sería de extrañar que dentro de un par de meses los muertos se contasen por miles. También le han asegurado que los funcionarios de aduanas suelen hacer desaparecer casi una tercera parte de los alimentos que reciben, y que luego aparecen en Nigeria, Angola o Kenia.

—Malditos buitres carroñeros.

—Pero lo peor no son esos «buitres carroñeros» que por desgracia abundan en todas las administraciones; lo peor estriba en que se ha comprobado que muchos de los necesitados que reciben esos alimentos acaban desperdiciándolos e incluso tirándolos.

—Tirar la comida cuando te estás muriendo de hambre se me antoja una insensatez y no me lo creo lo diga quien lo diga.

—Depende del punto de vista, querida; depende del punto de vista. Ponte en el lugar de una mujer desnutrida y casi deshidratada a la que una generosa organización de ayuda humanitaria ha proporcionado cuatro kilos de arroz y tres de maíz. Emprende un agotador viaje sobre una arena que abrasa sabiendo que cuando llegue a su lejana choza no dispondrá de medios con los que transformar tan pesada carga en algo que sus hijos consigan digerir. Conclusión: unos alimentos que han costado mucho dinero, mucho sudor y mucha energía a la hora de ser transportados acaban desparramados por el desierto, pasto de pájaros y lagartijas o, en el mejor de los casos, de una cabra que los convertirá en medio vaso de leche.

—Se me antoja una visión demoníacamente pesimista.

—Pero realista, y quiero que entiendas que si únicamente la mitad de los esfuerzos que se hacen con el fin de ayudar a los más necesitados dieran el fruto apetecido sería de agradecer, y por mi parte lo consideraría suficiente. Pero no es así y cada día que perdemos son vidas que se pierden. Tenemos que exigir más.

—Me temo que en esta ocasión eres tú quien pide demasiado.

—Cuando se pide algo para los demás nunca se pide demasiado.

—Eso suena a eslogan de predicador televisivo.

—Lo sería a no ser que a quien se estuviera exigiendo demasiado fuera a sí mismo, que no suele ser el caso. Debemos esforzarnos ya que somos los únicos que tenemos los medios para hacerlo.

—¿Haciendo qué?

—Pensando.

—¡Por los clavos de Cristo! No empieces otra vez con eso.

—No te estoy obligando a tirar de un carro o cavar una zanja; solamente a pensar...

—¿Dónde está el carro o dónde tengo que cavar?

—No me decepciones, cielo. Y sobre todo no trates de invertir los papeles, porque siempre has demostrado ser una mujer valiente de las que incluso se arriesgan a sumergirse en un mar plagado de tiburones, mientras yo siempre me he comportado como una especie de parásito andarín al que en cuanto piensa que una ola le llegará a las rodillas se mea patas abajo. Te agradecería que recuperaras tu protagonismo, porque lo estoy necesitando...

Habían iniciado al alba una larga caminata que en los últimos tiempos tenía por destino un mirador desde el que se divisaba la inmensidad del valle con sus múltiples riachuelos, sus bosques, sus campos cultivados y sus granjas esparcidas aquí y allá, debido a que en él solían detenerse a devorar la tortilla de patatas y chorizo que les había preparado Vicenta. Y lo acostumbrado solía ser que tras unos buenos tientos a la bota de vino, el bucólico paseo acabara en una pequeña pero muy activa siesta que no contribuía en absoluto a aumentar su cansancio sino que por el contrario parecía inyectarles renovados bríos.

Era lo que podría considerarse una excursión erótico-romántica impropia de su edad, pero resultaba evidente que durante el último año habían hecho muchas cosas absurdas, erótico-románticas e impropias de su edad, pero que les hacía sentirse mucho más felices que cuando tan solo eran dos sesudos traductores que acostumbraban hacer el amor una vez a la semana, siempre sobre una cómoda cama y cerca de una ducha.

Tras meditar largamente sobre lo que su marido acababa de decirle, Claudia indicó con un amplio ademán de la mano el paisaje que se abría bajo ellos al comentar:

—Este es tu mundo, no el mío, las conclusiones a las que has llegado también son tuyas, no mías, y por lo tanto considero que mi obligación es intentar ayudarte en lo posible manteniéndome en un segundo plano.

—No somos un ejército que pueda permitirse el lujo de contar con vanguardia y retaguardia, querida;

tan solo somos dos cabezas de chorlito que pretenden enfrentarse al mayor reto a que se enfrenta el ser humano desde el principio de los tiempos: combatir el hambre de otros seres humanos... Y si ello te tranquiliza te aclararé que las ideas no son mías; me las han proporcionado.

—¿Quién?

—La piedra y esos seres fantasmales que tan a menudo me rodean. Al fin he empezado a averiguar quiénes son y para qué sirven.

Ella no respondió; se limitó a observarle, y aquella larga mirada de absoluta resignación expresaba su desconcierto mucho más que una engorrosa parrafada, por lo que su marido se limitó a encogerse de hombros como si admitiera un cierto grado de culpabilidad al añadir:

—Anoche, al comprender que tenías razón y resultaba injusto abandonar la piedra, subí al despacho y advertí que más que una roca parecía un carámbano. Me helaba la mano y hasta la sangre, lo cual tuvo la virtud de conseguir que me sintiera avergonzado, como si hubiera cometido un crimen imperdonable.

—Siempre te pasas.

—Pero la culpa no es mía sino de quien me eligió para una tarea que supera mis fuerzas. No resulta fácil vivir en este continuo carrusel en el que de improviso paso de no ser nada a serlo todo.

—Eso lo entiendo.

—Pues te agradecería que me lo explicaras, porque está a punto de desquiciarme. Cuando ya sentía medio cuerpo congelado surgió de las tinieblas una mujer, la primera de esas sombras que se hace visible desde que empezó esta incongruente pesadilla; era alta con los pechos secos, una demoledora expresión de tristeza en la mirada y llevaba en brazos un bebé esquelético cubierto de harina blanca. Me lo mostró sin decir media palabra porque no las necesitaba para hacerme comprender la magnitud de su tragedia; lo que cubría a su hijo no era harina; era leche en polvo.

—¿Leche en polvo?

—Leche en polvo. Me hizo comprender que había intentado que la ingiriese, pero como se atragantaba la había disuelto en agua que no tenía con qué hervir. El agua estaba contaminada y la pobre criatura corría peligro de morir, pero no de hambre, sino de disentería. En ese momento la piedra volvió a ser piedra y dejé de sentir frío porque ahora sabía que lo que verdaderamente aquel niño necesitaba no era leche en polvo: era la leche de su madre.

—Según eso podría decirse que en determinadas circunstancias la leche en polvo que estamos enviando mata a más niños de los que salva.

—Ocurre cuando son muy pequeños y las madres no saben que tienen que hervir el agua, o carecen de los medios con que hacerlo, de modo que pasa de ser una fuente de vida a convertirse casi en un veneno. Resulta incongruente que se emplee una gran cantidad de energía con el fin de desecar la leche y luego se tenga que gastar más energía aún en devolverle esa agua y hervirla. Desde que me he dado cuenta me siento desconcertado.

—Lo comprendo y daría media vida por encontrarme en tu lugar y soportar la presión que me consta que soportas a condición de saber que puedo ser quien salve a otros niños y otras madres.

—En realidad no me siento presionado porque al abarcar la intensidad de los padecimientos de esa pobre gente mis problemas se me antojan ridículos. Empiezo a aceptar que nací para esto y a esto debo dedicar el resto de mi vida.

—Me alegra oírlo porque va siendo hora de exigir un cambio rápido y radical; una civilización cuya única meta es la corrupción y el consumo masivo no tiene futuro.

—Hace falta ser muy ilusa para imaginar que ese cambio radical pueda ocurrir, pero lo cierto es que me casé con una ilusa y de momento no me ha ido mal. ¿Cómo podríamos conseguir que las cosas empiecen a ser diferentes y ocurran cuanto antes?

La respuesta de Claudia desconcertó aún más a su marido:

—Por la fuerza.

—Dudo que sirva emplear la fuerza cuando los enemigos son tan poderosos, pero supongo que, pase lo que pase, al menos dejaremos un buen recuerdo.

—Si nuestro paso por la vida queda sembrado de buenos recuerdos no habrá cosecha que se le iguale.

Se habían acomodado en los mullidos butacones de cuero, uno a cada lado de la mesa que contenía el servicio de té, y se les advertía visiblemente satisfechos por el resultado de una primera colaboración en la que ella había actuado como Comodoro al frente de la flota, y él como Almirante Retirado que observa la batalla desde un otero de la playa.

Sabio profesor y aventajada alumna se limitaban a comentar con encomiable flema británica los detalles de una operación que no solo había proporcionado ingentes beneficios, sino que evidenciaba que la elección había sido correcta y el futuro de la empresa quedaba asegurado.

Incluso la vieja animadversión mutua parecía haber desaparecido permitiendo que se relajase el otrora tenso ambiente, por lo que llegó un momento en que Ritza Morrison Caine, de soltera Ritza Collins, se decidió a señalar:

—Supongo que ahora, que Horses, horses & horses ha quedado en mis manos, tengo no solo el derecho sino incluso la obligación de saber quiénes están tan interesados en que el gas ruso no llegue a Europa.

—Lógicamente aquellos que sin ese suministro de gas serían los únicos que podrían evitar que los europeos se congelasen en invierno.

—¿Las petroleras?

—Las empresas petroleras y las que comercian con gas suelen ser primas hermanas, cuando no hermanas e incluso madre e hija. No puedo asegurarlo al cien por cien, puesto que tienen la precaución de obligarnos a negociar con intermediarios, pero me inclino a creer que en este caso se trata de inversores que han hecho grandes inversiones en centrales nucleares y minas de uranio.

—O los que han apostado muy fuerte por las llamadas «energías alternativas»...

—Lo dudo. Esas llamativas y tan cacareadas «energías alternativas», que siempre necesitan otra energía alternativa para cuando no sopla el viento o brilla el sol, son pura fantasía, querida; un juguete, cuando se intenta calentar a trescientos millones de personas que tiritan a diez grados bajo cero. Fuegos de artificio que los políticos aprovechan para llenarse los bolsillos con el entusiasta respaldo de unos grupos ecologistas que con frecuencia financian ellos mismos con el fin de encauzar la opinión pública.

—Pues algunos deben tener esos bolsillos a rebosar.

—Y acabarán por reventarles, pero la experiencia me ha hecho llegar a una desagradable conclusión: a mi modo de ver, y es una teoría discutible pero que jamás acepto discutir, mientras no se descubra una panacea ciertamente milagrosa, el mejor combustible, el más lógico y el más barato es el petróleo, pero está muy mal visto por culpa de la inagotable avaricia de quienes lo controlan. Si esos estúpidos, sean de la raza o la nacionalidad que sean, invirtieran una mínima parte de lo muchísimo que ganan en desarrollar sistemas que impidieran que se ensuciara tanto, las cosas serían muy diferentes porque la contaminación provocada por los vertidos de crudo en el mar a causa de la limpieza de los fondos de los petroleros es comparable al hecho de que una vez al mes se hunda un nuevo *Prestige* en algún lugar del océano.

—Estoy de acuerdo en que si se consiguiera que no contaminara habría que tener el petróleo en cuenta, pero se acabaría antes de que apareciera esa supuesta panacea...

—¿Y quién lo dice? A mediados de los años setenta, cuando la primera gran crisis energética, los presuntuosos sabios del Club de Roma dogmatizaron que a comienzos del dos mil cuatro en el mundo no quedaría una gota de petróleo. ¡Así como lo oyes! Ni una gota de petróleo; no obstante han pasado diez años, consumimos más que nunca y cada día se encuentran nuevos yacimientos, por lo que las reservas comprobadas son mayores que nunca. Un poco más caro y más profundo, eso sí, pero si no fuera por esos malnacidos del grupo Medusa y su maldito *Manifiesto* continuaría siendo el mejor negocio que jamás ha existido.

—Hace tiempo que no se oye hablar de ellos y en mi opinión...

Se interrumpió un tanto sorprendida, pero no por eso dejó de dedicar una encantadora sonrisa a quien acababa de hacer su entrada tras golpear discretamente la puerta:

—¡Hola, cariño! Creí que habías ido al fútbol.

—Y había ido, pero decidí regresar a felicitaros por tan rotundo éxito.

—¿Qué éxito...?

Mark Morrison Caine, futuro lord y heredero de una incalculable fortuna, se volvió a su padre, que era quien había hecho la pregunta, y su rostro permaneció tan hierático e inexpresivo como lo había sido casi desde que tenía uso de razón.

Era un hombre atlético y espigado, de buena presencia y exquisitos modales adquiridos en internados suizos y una excesivamente larga estancia en Oxford, por lo que jamás había pronunciado una palabra más alta que la otra, en un tono monocorde, que en esta ocasión no perdió al replicar:

—El de Horses, horses & horses, que al parecer ha intervenido de forma muy eficiente en un enfrentamiento armado entre distintas facciones ucranianas, lo que ha degenerado en el derribo, nadie sabe si accidental o intencionado, de un avión de pasajeros. ¿O acaso imaginas que ignoraba la existencia de esa compañía?

—Te aseguro que no tenemos nada que ver con ese accidente, aunque acepto que me sorprende que sepas algo sobre mis empresas.

—¿Por qué razón? ¿Porque siempre has dado por hecho que soy un lerdo al que no se le podía confiar el patrimonio familiar? ¿Un inútil tan estúpido como su madre? Mamá no es estúpida, padre; en absoluto; es tan inteligente que no tardó en darse cuenta de la clase de pretenciosa sabandija con la que se había casado y consideró que la mejor forma de castigarla era humillándola acostándose con medio centenar de cretinos para acabar dejándola tirada con todos sus millones y sus aires de grandeza. Y si no te denunció fue por mí, porque no quería hacerme daño; pero en cuanto tuve la edad suficiente me puso al corriente de tus negocios y me enseñó la forma de abrir tu supuestamente inaccesible caja fuerte.

—¡Eso no es posible!

—Lo es. Para conseguirlo tuvo que liarse una temporada con un experto en seguridad, un hombrecillo encantador, dicho sea de paso, pero valió la pena porque gracias a su habilidad ahora tengo copia de cuanto has guardado en esa caja durante los últimos veinte años.

—¿Pero por qué?

—Porque lo que siempre consideraste dejadez e indiferencia no eran más que las dudas propias de quien se resiste a la idea de enviar a su padre a la cárcel por el resto de su vida, aunque en el fondo de su alma admita que lo que en realidad merece es el patíbulo.

—¿Cómo te atreves? ¿Quién eres tú para juzgar a quien se lo debes todo, incluida la vida?

A diferencia de la casi agresiva actitud de su cada vez más excitado progenitor, el tono de Mark Morrison Caine no variaba un ápice y se mostraba tan tranquilo e imperturbable como si estuvieran comentando una obra de teatro o sopesando la opción de cambiar de palo a la hora de golpear la pelota con el fin de aproximarse al hoyo sin caer en la arena.

—Soy quien mejor puede hacerlo, más obligación tenía de hacerlo y más se arrepiente de no haberlo hecho. Durante todo este tiempo me he contenido confiando en que ese iceberg que tienes por corazón acabaría reventando y con ello se pondría fin a tanta barbarie, pero no ha sido así e incluso te has atrevido a corromper a la madre de mis hijos. Y ese es un paso con el que has sobrepasado tus propias fronteras.

Ritza Morrison Caine, que permanecía clavada en su butaca, hizo ademán de erguirse, pero su marido, que se había situado tras ella, le colocó las manos sobre los hombros impidiéndole moverse al tiempo que indicaba:

—Te aconsejo que te limites a escuchar porque también tengo cosas que decirte, aunque no tantas como a este desgraciado, capaz de permitir que se asesine a inocentes pero incapaz de entender que su hijo no es un cretino débil de mente y de carácter, sino la única persona con una gota de decencia de su asquerosa estirpe. ¡Lord Morrison Caine! ¿En verdad imaginabas que iba a aceptar un inmundo título que chorrea sangre por cada una de sus letras?

—Pues si tanto te asquea, no lo recibirás, ni el título, ni lo que lleva consigo, porque en este mismo momento te desheredo.

Con toda parsimonia, como si lo que estuviera buscando fuera un pañuelo, su hijo extrajo del bolsillo posterior del pantalón un pequeño revólver, le apuntó al estómago y disparó mientras puntualizaba:

—Desde este mismo momento quedo formalmente desheredado, pero no porque tú lo decidas, sino porque lo decido yo.

Se encaminó a la puerta, la cerró con doble vuelta de llave y regresó a tomar asiento en el sofá limitándose a observar, sin mover un músculo, cómo el ahora desencajado lord Robin se había llevado las manos a la herida y dejaba escapar un ronco lamento barboteando incrédulo:

—¡Dios bendito! ¿Qué has hecho?

—Lo que siempre había deseado hacer, y que conste que te he disparado en el vientre con el fin de que sufras una larga agonía durante la cual tengas tiempo de reflexionar, y dudo que de arrepentirte, sobre todo el daño que has causado. Aunque pensándolo bien supongo que para conseguir algo tan difícil necesitarías sobrevivir un par de años.

—¡Hijo de puta!

—Más me hubiera valido ser hijo de puta que hijo tuyo, puesto que muchos hijos de puta han conseguido ser felices a pesar de conocer sus orígenes, pero nadie con un mínimo de autoestima conseguiría ser feliz siendo tu hijo.

Se volvió hacia la puerta puesto que la estaban aporreando; al otro lado el mayordomo preguntaba si había ocurrido algo, y por primera vez alzó un tanto el tono de voz al responder:

—¡Todo va bien, James! ¡Todo va bien! De hecho, mejor que nunca. ¡Váyase, por favor!

Su aterrorizada esposa pareció a punto de gritar,

pero se contuvo al advertir que le colocaba el cañón del arma ante los ojos y se llevaba el dedo índice de la mano izquierda a los labios en un mudo ademán con el que le ordenaba guardar silencio.

Cuando cesaron los golpes, pese a lo cual se escuchaban murmullos en la sala contigua, Mark Morrison Caine llenó una de las tazas con lo poco que quedaba en la tetera y, aunque evidentemente se encontraba frío, se lo bebió sin leche y sin azúcar entrecerrando los ojos y fingiendo que se trataba de auténtica ambrosía de los dioses.

Por último chasqueó la lengua y aspiró profundo como si estuviera percibiendo la brisa del mar o la fragancia de un frondoso jardín.

—¡El té! ¡Siempre el maldito té! ¿Cuántas monstruosidades y hasta genocidios se han perpetrado mientras se sostiene delicadamente entre los dedos una de estas inofensivas tazas? Y si lo que va a suceder tal vez sea considerado algún día como una especie de descontrolada tragedia familiar propia de la Grecia clásica, en realidad tan solo se tratará de una mísera tragedia familiar propia de la rancia Inglaterra, y por lo tanto es lógico que haya tenido lugar durante la hora del té.

—¿Pero qué insensateces estás diciendo?

—Estoy diciendo que al poner fin a tanta avaricia, tanta hipocresía y tanta indignidad, el lujoso decorado que nos cobija se vendrá abajo aplastando a los actores y dejando al descubierto la podredumbre que se ha intentado ocultar tras ellos a lo largo de siglos.

—Estás loco.

—¿Es todo lo que se te ocurre en tus últimos momentos, padre? ¿Que estoy loco? ¿Que todo aquel que no acepte robar, humillar, torturar, violar o asesinar a cambio de un asiento en tu maldita Cámara de los Lores está loco? Me alegra haber empleado una bala de bajo calibre y tardes lo suficiente en morir como para comprobar hasta qué punto se hunde lo que nuestros repugnantes antepasados levantaron con tanto entusiasmo...

Se interrumpió arrugando la nariz y aventando como un perro de caza para acabar por volverse con estudiada parsimonia hacia su abochornada esposa.

—¡Oh, vaya por Dios, qué inoportuno contratiempo, querida! Si el olfato no me engaña, me temo que acaba de traicionarte el esfínter.

Efectivamente, a Ritza Collins le había traicionado el esfínter, ensuciando el hermoso sillón de cuero beis así como su elegante, exclusivo y costoso vestido azul celeste, por lo que la escena resultaba en cierto modo tragicómica.

Pese a ello, quien la había provocado continuaba impasible debido a que sin duda había previsto que algo parecido podría suceder, por lo que se limitó a agitar la mano ante el rostro como si intentara alejar la pestilencia al tiempo que señalaba:

—Me pregunto cuántos infelices que nunca habían hecho mal a nadie habrán tenido que pasar por una vergüenza semejante, y no puedo ocultar que me siento orgulloso, ya que me consta que voy a pagar por ello durante el resto de mi vida, pero el recuerdo de este momento me compensará por muy larga que sea.

Incapaz de mover un músculo, sabiéndose como se sabía sucia por dentro y por fuera, Ritza Collins intentó echar mano al siempre socorrido sentimiento paternal:

—¡Por favor, amor mío, tranquilízate! Piensa en los niños.

—En ellos pienso, «amor mío»; en que vivirán sin tantos criados y tantos lujos, pero lejos de la corrupción y la codicia, porque son males que se contagian por contacto, introduciéndose bajo la piel, como la sarna. Los educará su abuela, esa mujer a la que tanto odias, padre, pero que sabrá enseñarles a respetar a los seres humanos, que no son, como vosotros pretendéis, mercancía desechable de la que siempre se puede sacar provecho.

Lord Robin, que se aferraba el vientre esforzándose por no expresar la intensidad del dolor que sentía, intentó escupirle aunque lo único que consiguió fue ensuciarse aún más la ensangrentada camisa.

—¡Te odio! ¡Te odio y te maldigo!

—Tu odio no me afecta, pero tu maldición me halaga porque si algo también me proporcionara las fuerzas que tanto necesitaré a la hora de soportar el negro futuro que me aguarda, será saber que te fuiste a la tumba maldiciéndome y rechinando los dientes de impotencia. ¡Y tú! La hedionda que tanto valor y firmeza demuestra cuando juegas con vidas ajenas; vergüenza debería darte cagarte encima cuando hace unos minutos te vanagloriabas de haber conseguido una gran victoria a costa de la sangre de quienes no te habían causado ningún daño.

—¿Cómo puedes saberlo?

—Con un sencillo intercomunicador de los que utilizas para estar al tanto de lo que ocurre en las habitaciones de los chicos. El micrófono está ahí arriba; en esa lámpara.

—Lo hice por nosotros. Por nuestro futuro.

—¿Acaso me preguntaste si era ese el futuro que quería? ¿O el que quieren los niños? Por desgracia, por sus venas corre mi sangre, ¡sangre putrefacta!, pero me sostiene la esperanza de imaginar que lo que estoy haciendo actuará como un revulsivo que conseguirá purificarla.

—¡Santo Dios, llama a un médico! ¡Me muero!

—No tengas tanta prisa, padre. Siempre has alardeado de ser un hombre flemático y paciente; un lord inglés de los pies a la cabeza, y no es digno de un lord perder la compostura. Un auténtico almirante se hunde con su nave, muy alta la cabeza, y a ser posible cantando el *Dios salve al rey*, aunque en este caso sería mejor decir «Dios salve a la reina», pese a que la vieja esta está demostrando que sabe salvarse sola. Nos va a enterrar a todos, o por lo menos a vosotros, de eso no me cabe la menor duda.

—¡Soy la madre de tus hijos!

—Mucho has tardado en comprenderlo.

Golpearon otra vez la puerta, en esta ocasión con más violencia, por lo que de nuevo Mark Morrison Caine se decidió a alzar la voz en tono imperativo:

—¡Silencio! Un poco de respeto. Lord Robin se está muriendo y no es cosa que ocurra todos los días.

Esgrimió el arma ante el rostro de su mujer, al añadir:

—Te aconsejo que los tranquilices porque en cuanto atraviesen el umbral estarás muerta.

Ella no dudó en obedecer a voz en cuello:

—¡Márchese, James, se lo suplico! Y tú, intenta recuperar la cordura. Juraré que tu padre intentó suicidarse.

—¿Disparándose en el vientre con un revólver del calibre veintidós cuando dispone de un increíble arsenal de armas de caza mayor? ¡Por Dios! Un poco de respeto, por favor; si no hacia mí, por lo menos hacia él, que puede ser un cerdo, pero no un masoquista. Me consta que le aborreces, pero no le hagas pasar por estúpido.

—Jamás imaginé que nadie pudiera comportarse de este modo.

—Será porque jamás imaginaste que existiera alguien al que le hubieran obligado a apurar hasta las heces una jarra de bilis. Día tras día y año tras año de morderme los puños de impotencia, de oscilar como un tentempié entre la duda y la certeza, acabaron por convertirme en lo que soy: un hombre tan indignado que prefiere pasar el resto de su vida entre rejas a continuar siendo testigo de tanta iniquidad y tanto horror.

—¡Piedad!

—¿Desde cuándo conoces el significado de esa palabra? Sin duda lo has aprendido en estos últimos minutos, puesto que lo que he escuchado es otra cosa; ni una mínima muestra de compasión por nadie, ni una sola palabra de arrepentimiento por los atroces pecados cometidos; tan solo satisfacción por los excelentes resultados de un inmundo negocio y una morbosa curiosidad sobre la identidad de quien paga las facturas.

—¿Acaso quieres que me arrodille a suplicarte?

—¡No, por Dios! Ya hiedes bastante sin necesidad de moverte. No se trata de perdonarte por haberme engañado con otro, e incluso con cien; se trata de hacer justicia y alejarte de unos niños que olvidan pronto a los muertos pero nunca olvidarán a su madre viva pese a que se encuentre purgando por unos crímenes execrables y sobre todo inútiles. Teníamos más que suficiente. ¿A qué venía tan insensata ambición?

IX

Abrió de improviso la puerta y observó estupefacta cómo, sentado en su corralito y rodeado de juguetes, el niño golpeaba con una cuchara de madera una sartén mientras su padre y Vicenta se inclinaban sobre un puchero como si estuvieran esperando a que de una burbuja surgiera el mismísimo genio de la lámpara de Aladino.

Sobre la larga mesa se alineaba una veintena de platos con diferentes tipos de productos de aspecto indefinible, en el fregadero se amontonaban los cacharros, y sobre el aparador e incluso las sillas se distinguían frascos y cacerolas en tal desorden que cabría pensar que la inmensa cocina había sido invadida por un ejército de vándalos.

—¿Pero qué ocurre? Llevo dos días fuera y la casa parece una pocilga... ¡Y este niño está hecho un asco!

—¡Hola, querida! Perdona el desorden, pero no te esperábamos hasta esta tarde.

—¿Y qué diantres significa este desmadre?

Fue Vicenta la que se decidió a responder con una voz aún más profunda de lo que tenía por costumbre:

—¡Es la guerra, señora! ¡La guerra contra el hambre!

—¿Cómo ha dicho?

—Que su marido tiene razón, y es aquí y ahora donde estamos empezando a diseñar las armas con las que libraremos la primera gran batalla contra la miseria.

—Eso sí que es noticia. ¿Desde cuándo admite que mi marido tiene razón en algo? Sería la primera vez en treinta años.

—Desde que he comprobado que la tiene; es decir, desde esta misma mañana. Pruebe esto; cójalo con los dedos.

Tras un momento de duda, Claudia obedeció, arrancó un pequeño pellizco de lo que parecía masa de pan de un color tostado y con puntos amarillentos, lo olió con manifiesta aprehensión, lo observó como si pretendiera penetrar en los misteriosos arcanos de su elaboración, y al fin se decidió a mordisquearlo con evidente desgana.

Al advertir su cambio de expresión la mujerona sonrió mostrando la magnificencia de su poderosa dentadura.

—¿Qué le parece?

—Bueno; francamente bueno.

—¡Se lo dije...! Y ahora pruebe de aquel plato. No, el del centro no, que me ha salido asqueroso. ¡El otro!

El nuevo gesto de asentimiento con la cabeza fue de rotunda aprobación.

—Muy bueno también. ¡Excelente!

—Lo ve... Aquí el señor...

Claudia le interrumpió mientras alzaba al niño en brazos y se dirigía a la puerta.

—Ya me explicaréis por qué el niño está inmundo y necesita un baño. Como le hayáis dado a probar alguno de esos mejunjes y enferme se va a armar la de Dios es Cristo.

—¡Pero, cielo...! ¿Cómo puedes pensar algo así?

—Porque te conozco.

En cuanto se escucharon sus pasos en la escalera, Vicenta no pudo por menos de comentar:

—Está claro que le conoce.

—Pero apenas lo rozó con la punta de la lengua. ¡Y le gustó!

—A la mayoría de los niños, al igual que a la mayoría de los adultos, siempre les gusta lo que les hace daño. Recemos para que no le entren cagaleras porque al fin y al cabo soy yo quien tiene que limpiarlas. Ande, vaya a tranquilizar a su mujer, que yo me ocupo.

—Creo que convendría bajar el fuego para que se vaya espesando y añadirle luego un poco de...

—¿Pero qué le pasa...? ¿Es el nuevo chef de la tele? Déjeme hacer mi trabajo que yo nunca he intentado enseñarle a traducir un libro chino.

—Nunca he traducido un libro chino.

—¡Más a mi favor! Así que lárguese porque tengo que ordenar este desmadre o la señora seguirá hecha una furia y con razón. ¡Habrase visto cómo ha logrado liarme con su maldito invento...!

—¡Pero funciona!

—Que alguno de esos platos estén buenos porque yo cocino como la madre que me parió es una cosa. Que su «invento» funcione como usted cree que debe funcionar, otra muy diferente.

—¡Mujer de poca fe!

—Mujer sensata. Y pensándolo bien, la única persona sensata de esta casa, exceptuando al crío que, afortunadamente aún no ha tenido tiempo de aprender de sus padres.

—¡A veces no me explico por qué demonios la soportamos!

—Porque soy la única que les soporta.

Optó por la sabia decisión de no añadir nada sabiendo por sufrida experiencia que la muy deslenguada tendría siempre la última palabra, y sabiendo también que en parte tenía razón puesto que convivir con una pareja que parecía estar siempre en otra galaxia no debía de ser empresa fácil.

Pese a ello no pudo por menos de lamentarse cuando se encontró frente a Claudia:

—Es limpia, honrada, trabajadora y adora al niño, pero en ocasiones me dan ganas de estrangularla.

—Pues te aconsejo que no lo intentes, porque te rompería el cuello con una sola mano. ¿Me quieres explicar qué hacíais?

—Buscar los alimentos del futuro.

—¡Vaya por Dios! ¿Y cuál ha sido el resultado?

—Estamos empezando.

—Pues si ese ha sido el comienzo no quiero imaginar cuál será el final, aunque admito que lo que probé estaba bueno y parece muy alimenticio. ¿Qué es?

—Piensa.

Claudia acostó al crío que se había quedado rendido tras horas de tocar el tambor, le empujó con el fin de que abandonara la estancia y masculló en un tono agrio e impaciente mientras señalaba la puerta que acababa de cerrar a sus espaldas:

—No es tiempo de jugar a las adivinanzas porque se trata de la vida de niños que merecen vivir tanto como el nuestro, o sea que deja de hacerte el listo y habla de una puñetera vez.

—¡De acuerdo! Intentaré explicártelo.

Regresaron a la cocina pero fue para enfrentarse a una Vicenta que aparecía derrengada sobre una silla, con una desoladora expresión de amargura que casi le desfiguraba el rostro y que les observó mientras se limpiaba la lengua con el dorso de la mano.

—¡Menudo vomitivo! Si le damos esto a alguien ahorramos mucho trabajo porque lo entierran.

—Pues qué pena...

Las manazas de la mujer giraron con las palmas hacia abajo, abarcando la totalidad de la mesa y los platos que aparecían desperdigados aquí y allá:

—Es que esto es una chapuza y una falta de consideración hacia los hambrientos.

—A la vista de cómo ha quedado la cocina puede que tenga razón.

—La tengo. Si su idea es buena, y a mí en principio me lo parece, deberán ser auténticos profesionales y algunos de esos pomposos cocineros que tanto presumen los que intenten encontrar recetas apropiadas para que su «invento» sirva de algo.

Claudia pareció ponerse de inmediato de su parte:

—Aún no sé de qué va la cosa, pero desde luego esos merluzos harían algo mucho más útil que preparar sus ridículas *spécialité de la maison* que te dejan con la cabeza como un bombo y el estómago como una pandereta. La mayoría de los esnobs van a restaurantes que se han puesto de moda como quien va la ópera; ni les gusta su cocina ni la entienden, pero tienen que dejarse ver porque es cosa sabida que cuanto más aumentan la presunción y la soberbia más disminuye el cerebro.

—¡Caray, señora...! ¿Eso lo ha sacado de un libro o es cosecha de la casa?

—Cosecha de la casa.

—Pues debe de ser de un buen año, porque le ha quedado redondo. Y volviendo a lo que importa, aquí, su pariente, se empeña en que haga milagros con tres fogones, cuatro cacharros y lo que teníamos en la despensa, y ya bastantes milagros hago al conseguir que una vez a la semana se le levante al Ceferino, o sea que lo que tienen ustedes que hacer es obligar a esos picacebollas de gorro blanco a dedicar su supuesto talento a dar de comer a los que verdaderamente lo necesitan.

—¿Y cómo podríamos obligar a alguien a hacer algo así?

—Es lo que han venido haciendo... ¿O no?

Claudia y su marido se miraron un tanto sorprendidos, casi de inmediato se volvieron a quien había hecho tan comprometedora pregunta, y al fin el segundo se decidió a inquirir:

—¿Qué ha querido decir con eso?

—¡Oh vamos, señorito! Ya se lo dije una vez; puede que yo no sea de ciudad, de pueblo y ni tan siquiera de aldea, puesto que nací en un perdido caserío, que por no tener no tiene ni nombre, pero soy como las lechuzas; veo en la oscuridad y me fijo mucho. Fui yo la que le atendió cuando estuvo tan electrojodido tras aquella tormenta, y siempre me pareció un milagro que siguiera vivo. Luego llegó el lío de las ondas magnéticas que dejan de funcionar siempre coincidiendo con el momento en que entra en un lugar, las preguntas de la Policía y sus misteriosos viajes... ¿Qué creen? ¿Que me chupo el dedo?

—¿O sea que lo sabía y no ha dicho ni una sola palabra durante todo este tiempo?

—En boca cerrada no entran moscas y si admitiera que sabía algo que supuestamente no debería saber y no lo denuncié me convertiría en cómplice, o lo que aún es peor, en eso que en las películas llaman «daño colateral» y que el Ceferino explica mucho mejor; «muerta la gata, muerta la garrapata».

—¿Su marido también lo sabe?

—¿Ese alcornoque? Si lo supiera ya lo sabrían hasta en Nueva Orleans, que no sé dónde queda pero supongo que muy lejos.

Claudia dejó en el suelo la cacerola que ocupaba una silla, tomó asiento y olisqueó el plato que tenía más cerca antes de replicar:

—Nueva Orleans queda un poco a trasmano, en efecto, pero antes de seguir con el tema quiero que alguien me aclare en qué diablos consiste este supuesto «invento».

Su marido se acomodó a horcajadas en otra silla y hundió un dedo en la pasta que ella había probado en primer lugar mientras inquiría:

—¿Recuerdas que te dije que los dos grandes problemas para quienes recibían alimentos crudos los constituían la falta de agua y de fuego? Bien; pues esto, y todo lo que te rodea, intenta ser la solución a esos problemas, aunque evidentemente aún no hemos conseguido el resultado apetecido.

—Ni parece que vayáis por buen camino.

Vicenta se apresuró a levantar la mano ofendida en su amor propio y su estima personal.

—¡Un momento y un respeto! El camino es bueno, lo que pasa es que el coche no anda porque he tenido que tostar el maíz, el trigo e incluso los garbanzos en una sartén y triturarlos luego con el molinillo del café. Y así no hay manera.

—¿Y para qué diablos los ha triturado?

—Para intentar convertirlos en harina, pero han salido granujientos y resulta casi imposible compactarlos. ¿Ve eso de ahí? Sabe bien, pero su aspecto repele. Repito; si lo que pretenden es encontrar una forma de alimentación más racional tienen que recurrir a profesionales que dispongan de los medios necesarios. Y cuanto más tarde en obligarles a hacerlo más delito estarán cometiendo porque cada minuto que pasa muere gente.

Se puso en pie y se remangó mientras indicaba la puerta con un gesto imperativo:

—Y ahora les agradecería que se fueran porque tengo que arreglar este maldito desaguisado. Y nunca mejor dicho. No intente ayudarme, señora, por favor; me apaño mejor sola.

En esta ocasión Sidney Milius sabía sobradamente a quién recibiría, puesto que nadie se aproximaba a su exclusivo edificio sin que una docena de cámaras controlasen sus movimientos, pero no obstante se alarmó debido a que Dan Parker se mostraba tan huraño y agitado que penetró cerrando de un portazo para ir a derrengarse en la silla más cercana con el mísero aspecto de quien se siente vencido y profundamente desolado.

—¿Qué ocurre?

—¡Una catástrofe!

—Debería estar acostumbrado porque últimamente se suceden como las orugas procesionarias. Habría que empezar a pensar en una auténtica plaga de catástrofes. ¿Cuántos muertos?

—De momento dos.

—Pocos parecen vistas como están las cosas.

—Es que se trata de lord Robin Morrison Caine y su nuera; su hijo acaba de asesinarlos.

Sidney Milius se limitó a servir del bien surtido bar

dos generosas copas de su mejor brandy, colocando una de ellas ante el recién llegado al tiempo que giraba para tomar asiento al otro lado de la mesa.

—Yo no lo consideraría una catástrofe, sino una excelente noticia; lord Robin era uno de los mayores hijos de puta de la Cámara de los Lores, donde, por cierto, proliferan en exceso, y su pretenciosa nuera le seguía los pasos.

—¿O sea que ya lo sabía?

—¿Que los habían matado?, no. ¿Que eran un par de alimañas?, sí.

—Por lo que me ha comunicado mi colega inglés, su hijo se justifica alegando que no los asesinó por discrepancias económicas o rencillas personales, sino porque había descubierto que eran los cabecillas de una organización criminal de increíbles proporciones.

—¿Horses, horses & horses?

—¿Cómo lo sabe?

—Hace años conseguí penetrar en sus sistemas de seguridad y lo cierto es que constituían una parte muy importante de la información que pensaba proporcionarles si llegábamos a un acuerdo.

—¿Pretende decirme que lord Robin es el inglés del que tanto hablaba?

—El mismo.

—Pues su hijo le ha jodido la exclusiva de la noticia.

El dueño de la casa bebió un sorbo de su copa mientras se encogía de hombros con el gesto de resignación de quien acepta que son cosas que suelen ocurrir y contra las que nada se puede hacer.

No obstante, bajo su aparente indiferencia se ocultaba una innegable frustración ya que lord Robin Morrison Caine se había convertido en uno de sus principales objetivos a destruir y al que aspiraba a hundir personalmente, puesto que constituía el paradigma de lo que siempre había despreciado públicamente y envidiado secretamente.

Altivo aristócrata, dueño de una prodigiosa fortuna de negros orígenes, y el término era correcto dado que hundía sus raíces en la explotación de esclavos en las plantaciones de caña de azúcar de Jamaica, era uno de aquellos escasos elegidos por los dioses que parecían flotar sobre las cabezas del resto de los mortales, siempre exhibiendo trofeos de caza mayor, recibiendo premios cuando sus caballos ganaban derbis o galopando junto a destacados miembros de la realeza en pos de una jauría de aulladores perros que perseguían a aterrorizados zorros.

Engolado, elegante, mordaz y distante sabía que provocaba envidias, pero jamás se esforzaba por evitarlo, puesto que sabía también que llegar al punto en que se encontraba había costado mucho sudor ajeno y muchas lágrimas igualmente ajenas.

Para Sidney Milius, nacido y criado en un barrio de clase media, aquel descarado pretencioso era un zorro al que le hubiera encantado echarle su propia jauría, por lo que emitió una especie de absurdo ladrido al señalar de mala gana:

—Admito que me encanta que le hayan cortado la cabeza al monstruo, aunque no haya sido yo, pero le advierto que como se trata de un monstruo que produce fabulosos dividendos, no tardarán en surgir voluntarios dispuestos a sustituirle. ¿El hijo ha mencionado a quién pueda sucederle en el mando?

—Varios, pero la mayoría resultan totalmente disparatados porque se trata de personajes de especial relevancia en sus respectivos países.

—¿Más relevantes que lord Robin en Inglaterra? La familia Morrison Caine ha constituido desde hace siglos uno de los pilares de la sociedad británica, lo que significa que si semejante cantidad de mierda sale a flote llegará hasta las manecillas del Big-Ben. No descarte a nadie, sea cual sea su nacionalidad, y como resulta que yo también cuento con una lista de personalidades que trabajaban con él, podríamos cotejar nombres e intentar averiguar hasta dónde llega tanta mierda.

—¿Y de qué serviría? Si los acusara sin más pruebas que las proporcionadas por un parricida que demuestra no estar muy bien de la cabeza y un desprestigiado *hacker* odiado por la mayor parte de los internautas, haría el ridículo.

—No es eso lo que le estoy proponiendo, puesto que sería perder el tiempo y permitir que el resto de esa gentuza se espantara.

—¿Entonces?

—¿Me está pidiendo consejo?

—Opinión, no consejo.

—Es cuestión de matices, pero lo pasaré por alto. Mi consejo-opinión u opinión-consejo, si es que así lo prefiere, es que transfiera la información a Los Chicos del 11/S/11 y se olvide del caso.

—¿Y qué puede saber usted sobre Los Chicos del 11/S/11?

El interrogado pareció perder la paciencia, bebió de nuevo y miró directamente a los ojos de su visitante al mascullar:

—¡Pero bueno...¡ ¿Cuántas veces me va a venir con lo mismo? Hace tiempo que averigüé que a raíz del atentado a las Torres Gemelas su Gobierno organizó un grupo de matones, que lleva ese nombre en recuerdo de tan nefasta fecha, y cuyo principal cometido es exterminar terroristas sin hacer preguntas ni dar explicaciones. Cárgueles el muerto y olvídese del resto.

—Es que se trata de una pandilla de sicópatas a los que les encanta pasarse de rosca y no apruebo sus métodos.

—A mi modo de ver los miembros de Horses, horses & horses son bastante más peligrosos que cualquier grupo terrorista, puesto que son quienes los alientan y financian. Si eliminan de forma contundente a los que conocemos, al resto les entrará el pánico, desecharán la idea de volver a poner en marcha la empresa, y nosotros podremos ocuparnos de cosas más trascendentes.

—¿Qué pretende insinuar con eso de «nosotros»? ¿Desde cuándo formamos pareja de hecho?

—Desde que compartimos los mismos intereses: seguir con nuestras vidas, intentar desenmascarar a Medusa, lo cual para mí se ha vuelto prioritario, y castigar duramente a quienes pagaban sumas fabulosas a Horses, horses & horses con el único fin de crearle problemas a una humanidad a la que lo que le sobran son problemas.

—¿Pretende que vayamos a por los clientes?

El gesto de asentimiento no pudo ser más expresivo:

—A por los peces gordos, porque ya no me divierte pescar sardinas.

Apuró su copa, regresó al bar a rellenársela, y dando la espalda a su acompañante, remarcó con intención:

—Y entre esos peces gordos está el que más le interesa.

—¿*El Intachable* Bolton?

—El mismo. ¿A qué se dedica cuando no hace negocios sucios?

—A criar caballos.

—¡Qué casualidad!

—No intente enredarme. Yo tengo un rancho y me encanta criarlos.

—¿Y cuántos ha vendido?

—Unos treinta...

—Pues no creo que le ayuden a blanquear mucho dinero, ya que no serán purasangres por los que se pagan fortunas ya que algún «experto» asegura que van a ganar infinidad de carreras en los mejores hipódromos del país... ¿O sí lo son?

—No; desde luego que no.

—Pero los de Bolton sí, y usted lleva años preguntándose cómo diablos se las arregla a la hora de recibir sus comisiones en asuntos turbios si jamás ha encontrado una cuenta a su nombre en ningún paraíso fiscal, declara cuanto ingresa y paga puntualmente sus impuestos.

—Gana millones criando caballos en su finca de Kentucky.

—¡Ya lo creo! Se ha hecho rico vendiendo lotes de animales fuera de serie en exclusivas subastas que mueven cifras exorbitantes, pero las estadísticas demuestran que ninguna de esas supuestamente prodigiosas criaturas de cuatro patas ha ganado ni la centésima parte de lo que se pagó por ellas.

—¿También sabe eso?

—También.

—¿Está intentando hacerme creer que quienes compran esos animales lo hacen sabiendo que nunca amortizarán su inversión?

—Su inversión estaba amortizada de antemano, querido amigo; era la comisión que se había pactado al cerrar el trato. ¿Quién puede acusar a un fabricante de armas o a un rico constructor por el hecho de permitirse el lujo de pujar cuanto quiera por un potro o una yegua que le fascinan?

—¿Alcanzando cifras millonarias?

—Utilizan cómplices que van aumentando la puja hasta llegar a la cantidad convenida.

—¡Qué truco tan sucio!

—Son las consecuencias del mercado libre, y que lo mismo puede aplicarse a futbolistas, una guitarra que perteneció a Elvis Presley, jarrones chinos o un cuadro de Van Gogh. Valen lo que decide que vale quien paga por ellos.

Ahora fue Dan Parker el que apuró su copa, se puso en pie y fue a rellenársela mientras refunfuñaba:

—¡No mencione los jarrones chinos, por favor! Me revuelven las tripas. Y también me las revuelve admitir que sea usted tan listo. Le aconsejaré al presidente que le ponga en mi puesto, ya que es el único que puede arreglar este caos. ¡Menuda forma de estafar a hacienda y engañar a la gente!

—Pues aún no le he contado lo más divertido.

—¿Puede haber algo divertido en ese asqueroso cambalache?

—Lo hay. ¡Y mucho! En ocasiones, algún millonario caprichoso que no está al corriente del tinglado decide pujar por el lote y se pica, lo cual suele ser bastante frecuente entre ricachones, por lo que va subiendo la oferta hasta que llega un momento en que los otros se rinden, y fingiendo sentirse humillados le permiten que se quede con los pencos. O sea que, sin comerlo ni beberlo, un pobre cretino acaba cargando con esas comisiones.

Su interlocutor no cesaba de morderse el labio inferior mientras parecía intentar digerir lo que le acababan de contar. Al fin se lamentó:

—Toda una vida lidiando con espías, mafiosos, terroristas o asesinos y a la vejez me veo obligado a admitir que soy un lelo. Reconozco que ese cabrón se ha estado burlando de mí aunque no acabo de entender qué clase de relación tenía con lord Robin.

—Si revisa sus facturas descubrirá que era uno de sus mejores clientes; le compraba jamelgos a precio de campeones como pago a patrióticos discursos en los que Bolton preconiza que el petróleo y el gas americanos deben permanecer en Norteamérica porque de ellos depende el bienestar y la seguridad de las generaciones futuras.

—Eso es cierto. Su frase favorita suele ser: «Debemos sacrificarnos por nuestros nietos.» ¡Le ajustaré las cuentas!

El otro le palmeó el antebrazo con lo que parecía una muestra de afecto mientras aconsejaba:

—¡No se meta en líos, Parker! Manténgase al margen y permita que actúe «la implacable juez de la guadaña» porque lo ideal sería que *el Intachable* Bolton se rompiera el cuello practicando su deporte favorito. Los accidentes ecuestres son bastante comunes y por lo que tengo entendido se les dan muy bien a Los Chicos del 11/S/11.

En esta ocasión su visitante aceptó de buena gana el consejo.

—De acuerdo, me quedaré al margen, y como un trato es un trato mi Gobierno declarará que, tras minuciosas investigaciones, ha llegado a una dura y desagradable pero firme conclusión: las autoridades monegascas se equivocaron al acusar a Sidney Milius de ser el cerebro del grupo terrorista Medusa.

—Sabe perfectamente que no fueron las autoridades monegascas, pero si me deja las manos libres puede jugarse la cabeza a que será Sidney Milius el que acabe con Medusa.

X

Claudia viajó a la ciudad y regresó con el traje de motorista más aparatoso que encontró, incluido casco, guantes y botas de media caña.

Su marido lo estudió con atención, y al fin reconoció:

—Tal vez sea una buena solución...

Lo era, en efecto, porque si su gran problema estribaba en que si allí por donde pasaban las ondas electromagnéticas —o lo que quiera que fuese— dejaban de comportarse como tales y parecían volverse locas por causas absolutamente inexplicables, entraba dentro de lo admisible que una gruesa protección impidiera que la caprichosa y desconocida energía que emitía se filtrara al exterior.

Habían probado algo parecido con una caravana, y como les había dado buen resultado cabía esperar que un traje de motorista recubierto por su parte interior de pintura negra mezclada con limaduras de plomo facilitara de forma notable sus problemas de desplazamiento.

No obstante, quien se enfundara en semejante prenda corría el riesgo de asarse a fuego lento en cuanto recibiera el primer rayo de sol, por lo que el comentario fue obvio:

—Voy a sudar como un pollo y si el viaje es largo tendrás que recogerme con fregona.

—No te vendría mal adelgazar un poco.

—¿Me estás llamando gordo?

—Gordo, lo que se dice gordo, no, pero con seis kilos menos te quedarías como cuando nos conocimos.

—Lo apropiado sería decir que en ese caso deberías comprarte un traje igual, pero lo cierto es que la maternidad te ha quitado veinte años de encima.

—Lo apropiado sería responder que es lo más halagador que me has dicho en mucho tiempo, pero no es cierto porque desde que empezó todo este lío te estás comportando como un delicioso galán enamorado.

—Y es que estoy enamorado hasta los tuétanos, pero como sigamos diciendo este tipo de memeces, Vicenta, que la maldita lo oye todo, nos va a perder el poco respeto que aún nos tiene.

—¿Hacemos bien dejándola tanto tiempo a cargo del niño?

—Puedes confiar en ella incluso más que en mí, que soy su padre.

—De eso no me cabe la menor duda, o sea que no queda más remedio que lanzarnos a la carretera y que sea lo que Dios quiera, porque la intentona lo vale.

Resultaba evidente que lo valía, por lo que a la mañana siguiente cargaron en la ya cochambrosa caravana cuanto calcularon que necesitarían durante el largo viaje que les aguardaba, se despidieron de su hijo como si temieran que fuera la última vez que lo verían y emprendieron la marcha hacia su incierto destino con la loca esperanza de conseguir que algún día más mujeres africanas tuvieran leche en los pechos y menos niños africanos murieran de disentería.

Era, sin duda, un empeño difícil, pero les proporcionaba fuerzas una idea muy simple: si no se había conseguido desterrar el hambre de la faz de la tierra —y llevaba trazas de seguir sin conseguirlo durante el próximo siglo— tal vez un brusco cambio en la forma de hacer las cosas tuviera éxito donde tantos habían fracasado.

Todos los caminos llevaban siempre adonde llegaban todos los caminos, y únicamente aquellos que abandonaran ese camino en el punto más inesperado tenían alguna posibilidad de llegar adonde nadie había llegado.

Y si un adolescente semianalfabeto había osado desafiar al desierto, a los extremistas islámicos e incluso al mar, confiando su vida a un pedazo de roca, un hombre y una mujer de notable cultura y que entre ambos hablaban con absoluta perfección ocho idiomas no podían ser menos, sobre todo cuando era importante lo que estaba en juego.

La piedra, y se hacía necesario reconocer que tan solo era una piedra, pareció florecer desde el mismo momento en que se pusieron en marcha, y cuando ya casi al final de la alameda de higueras que desembocaba en la puerta de la casa quien la llevaba en el bolsillo se volvió con la intención de ver por última vez a su hijo, descubrió, estupefacto, que junto a Vicenta se encontraba una mujer muy alta y muy negra, que a modo de despedida le mostraba de nuevo el cuerpo de un niño cubierto de leche en polvo.

Hacía demasiado tiempo que no se subía a su vetusta pero aún poderosa y rugiente Honda, por lo que a punto estuvo de estamparse contra una de las higueras, lo cual hubiera constituido a todas luces un prematuro y ridículo final a su supuestamente fabulosa aventura.

Lo único que pudo hacer fue recuperar el equilibrio y mascullar:

—¡Vaya por Dios! Casi me escoño.

Claudia, que iba detrás conduciendo el coche que remolcaba la caravana, se detuvo alarmada.

—¿Qué te ocurre? ¿Ya ni siquiera sabes montar?

—Los nervios y la falta de costumbre, cariño, pero procura mantener las distancias.

Dan Parker ordenó a la telefonista que no le pasara llamadas que no fueran importantes, puesto que necesitaba tomarse un descanso entre guerra y guerra o conflicto y conflicto.

Empezaba a sentirse agotado o quizá demasiado viejo para continuar enfrentándose al rutinario quehacer de una agencia de inteligencia a la que la opinión pública imaginaba planeando truculentas y astutas maniobras destinadas a conseguir el dominio del mundo, pero que en realidad se veía obligada a dedicar la mayor parte de sus esfuerzos a tapar vías de agua, zurcir costuras y ocultar las trapacerías de sus clases dirigentes.

Agobiado por el día a día de tan rastreros menesteres llevaba años sin planear una operación digna de ser tenida en cuenta, casi siempre a la defensiva, especialmente desde que había hecho su aparición el grupo Medusa, y un dichoso *Manifiesto* había tenido la virtud de poner al sofisticado mundo de los servicios secretos patas arriba.

Ya ningún espía digno de tal denominación se atrevía a enviar un correo electrónico o hablar por un móvil por muy segura que considerara la línea, y el mejor ejemplo de lo justificado de semejante temor estaba en que un personaje tan indeseable como Sidney Milius había demostrado saber más de lo que sucedía en su propia agencia que él mismo.

Resultaba frustrante.

Tres noches atrás había tenido un sueño en el que se veía dirigiendo a la Filarmónica de Filadelfia, en lo alto de un podio situado en el centro de un enorme auditorio rebosante de viejas emperifolladas y de aspecto libidinoso.

El problema estribaba en que se encontraba totalmente desnudo y le resultaba imposible cubrirse sus partes íntimas sin dejar de agitar la batuta, por lo que el resultado había sido un pandemónium que acabó indignando a la selecta audiencia que no tardó en comenzar a insultarle y tirarle toda clase de objetos, incluidos una polvera, un lápiz de labios y un vibrador verde que parecía dotado de vida propia.

Se despertó sudando a mares, avergonzado y temeroso, puesto que en verdad era así como se sentía en su fuero interno.

Sabía mejor que nadie que su obligación era advertir que en cuestión de seguridad informática los organismos oficiales se encontraban tan en pelotas como lo había estado él en aquel gigantesco escenario, pero aún no se había decidido a confesarlo.

¿Cómo admitir que los cientos de miles de millones invertidos en tecnología punta no servirían de nada frente a la innegable astucia de El Zar de los *hackers* o a un apagón informático provocado por los imprevisibles Medusas?

De estos últimos no se había vuelto a tener noticias desde que decidieron «apagar definitivamente» el Principado de Mónaco, y a Sidney Milius parecía habérselo tragado la tierra a partir del día en que el Gobierno norteamericano reconoció públicamente que no tenía nada que ver con los terroristas informáticos. Se había limitado a convocar una rueda de prensa durante la que juró y perjuró que dedicaría el resto de su vida a destruir a quienes habían destruido la suya, meterse en un taxi y desaparecer.

Se habló mucho del tema, pero dos días más tarde los medios de comunicación dejaron de dedicarle sus cabeceras, que pasaron a estar ocupadas por una triste e inesperada noticia: el querido y admirado senador George Bolton, *el Intachable,* se había fracturado el cuello debido a que su caballo favorito, *Barras y Estrellas,* había calculado mal un sencillo salto.

Un titular fue especialmente brillante y expresivo:

«Murió tal como había vivido: llevando las riendas y al galope.»

No obstante, por las redes sociales circuló otro bastante menos halagador:

«Se la pegó contra una barra y vio las estrellas.»

Sin duda Los Chicos del 11/S/11 habían demostrado ser buenos en su oficio y siguieron siéndolo con desconcertante reiteración durante las tres semanas siguientes, durante las cuales se sucedieron una serie de curiosos incidentes o accidentes en los que las víctimas solían ser personajes de especial relevancia en sus respectivas naciones.

Cabría suponer que un apocalíptico mal de ojo había sido lanzado sobre políticos, banqueros, empresarios y aristócratas, ya que aquellos a los que no pasó por encima un camión cisterna o quedaron convertidos en picadillo por culpa de las hélices de sus propios yates, se esfumaron.

Y nadie hubiera sido capaz de determinar si habían sido sepultados en el cemento fresco de un edificio en construcción o habían decidido retirarse a meditar a cualquier lejana montaña o caluroso desierto.

En su fuero interno Dan Parker agradecía a Sidney Milius el sabio consejo de mantenerse al margen de tan turbios menesteres dejando que fuera «la implacable juez de la guadaña» quien ajustara las cuentas a tanto Intachable indeseable, permitiéndole continuar con su honrado oficio de espiar a dirigentes de Gobiernos extranjeros, bien fueran amigos o enemigos.

Al fin y al cabo espiar seguía estando considerado el segundo oficio más antiguo del mundo, y muchos de sus más aplicados practicantes habían pasado a la historia cubiertos de gloria.

Parker ya no aspiraba a la gloria; a lo único que aspiraba era a no pasar por el bochornoso trance de verse obligado a comunicarle a su inmediato superior que su administración se encontraba tan desnuda como lo había estado él durante su horrenda pesadilla filarmónica.

¡Malos tiempos aquellos en los que el desaforado desarrollo de las tecnologías permitía que las vidas ajenas e incluso los Gobiernos propios quedaran en manos de unos pocos!

¡Malos en verdad!

El sábado anterior había volado discretamente a Londres, con el fin de reunirse en domingo, día en el que hasta los espías y periodistas solían descansar y relajarse, con el fin de visitar en compañía de su homólogo británico a un imperturbable Mark Morrison Caine al que no parecían afectarle en absoluto la gravedad de sus crímenes, ya que cuanto hizo fue recalcar en su habitual tono monocorde:

—Me he limitado a iniciar una labor que Scotland Yard debería haber culminado hace cincuenta años. Si han sido ciegos, sordos, ineptos o corruptos, son detalles que carecen de importancia, puesto que a partir de ahora ya no pueden escudarse en la ignorancia. Yo he cumplido con mi parte, la más dura; ahora espero que cumplan ustedes con la suya.

—Estamos «dando de baja» de la forma más rápida y expeditiva posible a sus socios, por lo que en un par de semanas Horses, horses & horses habrá quedado literalmente desmantelada.

—Me alegra saber que ha cundido el ejemplo, ya que tal como preconizaba mi padre, ciertos abscesos permanecen demasiado tiempo enquistados y es necesario que alguien los raje y permita que quede a la vista el pus. Su propia existencia era uno de esos abscesos.

—Pues en cuanto acabemos con sus socios nuestro trabajo se centrará en intentar «dar de baja» de igual modo a sus clientes. ¿Qué puede decirnos sobre ellos?

—Que cambiaban dependiendo de las circunstancias, los países y, sobre todo, los objetivos. La mayoría han muerto, por lo que tan solo estoy seguro de la identidad del más asiduo, aunque me consta que una vez al año suele reunirse con seis o siete más.

—¿Cómo se llama y dónde se reúnen?

Ante las evidentes dudas del interrogado, fue el homónimo inglés de Dan Parker quien intervino:

—Si nos facilita el trabajo le prometo que será juzgado con benevolencia teniendo en cuenta su estado de enajenación mental motivado por el hecho de haber recibido una carta anónima en la que se aseguraba que su padre y su esposa mantenían una indecente relación sentimental.

—Pero es que eso no es cierto.

—Lo sabemos; se ha comprobado que dicha carta tan solo era una infame calumnia, que por desgracia causó el daño que se proponía.

Por primera vez el flemático Mark Morrison Caine pareció a punto de perder la calma:

—¿De qué coño habla? Yo no he recibido ninguna carta.

—¡Sí que la recibió! No la recuerda a causa del grave trastorno que le produjo, pero la hemos encontrado en el cajón de su mesilla de noche.

—¿Se está burlando de mí? ¿Qué clase de broma pesada es esta?

—Una broma pesada que le permitirá cuidar a sus hijos, que le necesitan libre y no en la cárcel. Lo único que tiene que hacer es colaborar y no volver a mencionar a Horses, horses & horses porque fuera de esta habitación nadie más conoce su existencia.

—Empiezo a creer que son ustedes tan retorcidos como mi padre.

—Es que lo somos. ¿De quién se trata y dónde se reúnen?

XI

Detuvieron la moto y la caravana a un centenar de metros con el fin de admirar cómo el destartalado restaurante se había transformado como por arte de magia —y bastante dinero— en una preciosa mansión en consonancia con el tranquilo lago y el espeso bosque que la circundaban.

Por si algo le faltaba a un paisaje perfecto, al poco hizo su aparición Cristina con su larga melena cayendo por la espalda como una catarata de fuego, tan arrebatadora y deslumbrante que Claudia no pudo por menos de musitar:

—Es la criatura más fascinante que he visto y aún no me explico por qué no me abandonaste en cuanto la conociste.

—Ni yo.

—¡Si serás cabrito! Está bien que lo diga yo, no tú.

La besaron y abrazaron con la sinceridad de auténticos amigos que jamás se han ocultado nada los unos a los otros, y tras ver de cerca las reformas de la casa, tomaron asiento en el embarcadero dispuestos a disfrutar de la puesta de sol mientras daban buena cuenta de una botella de champán.

De inmediato los patos acudieron en tropel, por lo que Cristina no pudo por menos de comentar:

—Te han echado de menos, a menudo te buscan y reconocen que nunca han disfrutado tanto como el día en que intenté enseñarte a nadar.

—¿Cómo lo sabes?

—Hablo con ellos porque en esta época por aquí no hay mucha gente.

—¿Siempre estás sola?

—Me acompañan los recuerdos ya que en esta casa pasé los mejores momentos de mi vida y nadie ha muerto en ella. Está limpia.

—Espero no ensuciártela, porque mis «fantasmas» tienen la fea costumbre de seguirme a todas partes.

—Como ninguno murió aquí serán bienvenidos. Todo lo que forme parte de vosotros forma parte de mí, puesto que os debo la vida...

Hizo una corta pausa que aprovechó para beber un poco antes de añadir con una arrebatadora sonrisa:

—Y la paz.

Quedaron un rato en silencio como si aguardaran

a que el sol acabara de sumergirse en el lago, y al fin fue Claudia la que se decidió a comentar:

—Te hemos echado de menos.

—También yo, pero en España me sentía inútil; el hospital quedaba demasiado lejos mientras que aquí puedo ir y volver en el día.

Alargó la mano, tomó la de él y el tono de su voz cambió al añadir:

—Lo que sí me vendría muy bien es que volvieras a transmitirme un poco de tu fuerza, porque en ocasiones me falla. ¡Y hay tanta gente que necesita ayuda!

—Deberías alejarte de ese ambiente.

—¿Cómo? Cuando veo cómo unas muchachas agonizan aferrándose desesperadamente a la vida, que ya es lo único que les queda, veo a mi madre y a mis hermanas tendidas en una de esas camas sin más horizonte que un techo blanco ni más compañía que el olor a muerte. Tan solo quien ha sentido ese hedor tan de cerca como yo puede espantarlo. Y es lo que intento.

—Eres demasiado joven para dedicar el resto de tu vida a los demás.

—Únicamente los jóvenes tenemos alguna oportunidad a la hora de alejar a una muerte que está demasiado acostumbrada a tratar con viejos. Y ahora dejemos de hablar de mí porque ya sé todo lo que se puede saber sobre el tema. ¿A qué habéis venido?

—¿No te parece bastante el placer de verte?

—No, o sea que dejaos de pamplinas y empezad a largar, porque os conozco.

Lo hicieron; sin prisas, dejando que poco a poco las estrellas acudieran a reflejarse en el lago, lo que en ocasiones, cuando la brisa dejaba de soplar, obligaba a imaginar que estaban contemplando dos firmamentos contrapuestos.

Al cabo de un largo rato Claudia, que la mayor parte de las veces llevaba la voz cantante, más por dejadez de su esposo que por iniciativa propia, se sirvió lo poco que quedaba en la botella como si con ello diera por finalizado el prolijo relato.

—Y eso es lo que nos ha traído hasta aquí.

La deslumbrante pelirroja no pudo por menos de exclamar ciertamente estupefacta:

—¡No puede ser verdad!

—¿Acaso imaginas que este pedazo de mendrugo ha aceptado recorrer seiscientos kilómetros moliéndose el culo sobre una moto con el único fin de contarte semejante dislate? ¡Enséñale la piedra!

El «pedazo de mendrugo» lo hizo, y en cuanto la muchacha la tuvo en sus manos cerró los ojos y podría decirse que un espasmo de placer le subía desde las uñas de los pies hasta el final del más largo de sus largos cabellos.

—¡Dios Santo! Tiene tu misma fuerza y casi diría que más. Con esto podría ayudar a mis enfermos.

—Tus enfermos son pocos y los hambrientos muchos, querida. Y te recuerdo que un chico corrió incontables peligros con el único fin de confiarme una misión que va más allá de aliviar únicamente a algunos, a los que desearía ayudar pero no puedo. Lo siento.

—Lo entiendo.

—Sabía que lo entenderías porque de lo contrario no estaríamos aquí. Por desgracia los que están destinados a morir demasiado pronto morirán, y los que están destinados a sufrir demasiado sufrirán hagamos lo que hagamos. Nuestra obligación es atender al mayor número posible de desgraciados.

—Me parece justo. ¿Qué queréis que haga?

—Convertirte en la tutora del enano.

—¿Cómo has dicho?

—Que aceptes ser la tutora del niño porque si algo nos ocurriera pasaría a depender de la asistencia social.

—¿No tenéis a nadie?

—Únicamente a Vicenta.

—Eso no es cierto; tenéis millones de personas a las que habéis ayudado, y que se sentirían orgullosas de considerarse vuestra familia.

—Puede que se sintieran orgullosas de ser la familia de los creadores de Medusa, lo cual es muy diferente. No serían más que una especie de familia cibernética, y un niño necesita que le besen, le acaricien y le canten hasta que se duerma.

—Yo canto fatal.

—De eso no nos cabe la menor duda, cielo, pero acaricias muy bien, o sea que váyase lo uno por lo otro.

—¡De acuerdo! Sé que no os ocurrirá nada porque sería lo más injusto del mundo, pero si así fuera me comportaré como una auténtica madre.

—Empiezas mañana.

—¿Cómo dices?

—Que en cuanto firmes los documentos te vas a cuidarle.

—Los firmaré, pero tendréis que esperar unos días porque Madeleine se muere y quiero estar junto a ella hasta el final.

—De cuerdo, esperaremos. Y tú, vete a la cama, que quiero quedarme a solas con Cristina. Traspasar a un hijo no es cosa fácil.

—¡Tengo hambre!

—Busca en la nevera... Y recuerda que el dormitorio de invitados es nuevo. ¡Ojo con el retrete!

—¡Vete a la porra!

En el mismo momento en que su marido hubo desaparecido en el interior de la casa Claudia se inclinó con el fin de susurrar como si se tratara de un secreto inconfesable:

—La primera noche que nos acostamos juntos se orinó en la tapa.

—¿Y eso?

—Siempre había vivido solo, por lo que jamás la bajaba; se despertó de madrugada, pero como yo había ido antes tardó casi un minuto en advertir que la había cerrado y lo estaba encharcando todo fuera. Cuando encendió la luz se puso hecho una furia.

—Menudo papelón para una primera noche...

—Traspasarte a un niño no es nada fácil, pero traspasarte a un hombre como ese va a ser misión imposible.

—¿De qué diantres estás hablando?

La italiana recuperó su posición, tardó en contestar y su tono cambió como si de pronto hubiera enronquecido o tuviera seca la garganta:

—Tengo miedo, preciosa; y más que miedo debería decir pánico.

—No me sorprende. Medio mundo os adora, pero el otro medio os quiere muertos, incinerados y con las cenizas esparcidas por todos los confines del universo. Estabais a salvo y os volvéis a meter en líos... ¿Por qué?

—¿Qué habrías hecho tú? Tras veinte años de matrimonio, ese «mendrugo» se había convertido en uno de los seres más aburridos, tranquilos, metódicos y pasotas de este lado de la luna. El tipo menos heroico que cupiera imaginar hasta que un buen día los rayos le convirtieron en la leche en bicicleta y sospecho que si le falto volverá a convertirse en lo que era, que es lo que le gusta. Y no sería justo, porque es mucho lo que está obligado a hacer.

—¿Y por qué razón tendrías que faltarle?

Claudia pareció a punto de perder los nervios, y como si el gesto tuviera la virtud de calmarla arrojó su copa al lago.

—Por miles de razones, coño; tú misma acabas de decir que medio mundo nos quieres muertos. Lo que intento hacerte comprender es que se ha convertido es una especie de nave espacial diseñada para llegar a la última galaxia, pero si se pierde la llave de contacto, no despegaría ni a tiros.

—¿Y me estás pidiendo que me convierta en una especie de llave de contacto de repuesto?

—Los coches la tienen.

—¿Y las naves espaciales...?

—No lo sé, pero dejemos a un lado las sandeces. Estás loca por él, y él te quiere, no sé si como amiga, hermana, hija o posible amante, porque admito que nos hemos vuelto de un fiel que produce náuseas, pero sea lo que sea lo que siente, es auténtico y está claro que si me pasara algo únicamente tú conseguirías convertirte en su nueva musa.

—¿Insinúas que las musas son intercambiables? De ser así los músicos pintarían y los pintores tocarían el violín.

—Por lo que veo, en el tiempo que pasaste con nosotros se te contagiaron sus mañas, porque si hay algo que le encante es salir por peteneras. Y te recuerdo que estoy hablando de algo muy serio.

—¿Qué significa «salir por peteneras»?

—¿Y yo qué sé? Es una expresión típica española y yo soy italiana.

—¡De acuerdo! Centrémonos en el tema porque efectivamente es serio y admitamos que estoy loca por tu marido pese a que me lleve casi treinta años. ¿Acaso imaginas que si te ocurriera algo sería capaz de acostarme con él? Siempre seríamos tres en la cama.

—Te prometo que si estoy muerta me quedaré quietecita en mi tumba y me tendrá sin cuidado con quién se acueste. Lo que importa es que siga haciendo lo que tiene que hacer porque eso debe estar por encima de cualquier consideración.

—Sería un maravilloso milagro que su sistema consiguiera paliar el hambre.

—¿Alguna vez imaginaste que un día llegaría un desconocido que por el simple hecho de cogerte de la mano te arrancaría de las garras de la muerte? Es casi el mismo milagro y ese, el mismo hombre. Ahora voy a acostarme porque estoy agotada, pero te recomiendo que pienses un poco en lo que eres y en lo que eras cuando le conociste.

Cristina jamás podría olvidarlo debido a que había sido el día más importante de su vida. Hacía mucho calor cuando lo vio se sentaba en la misma silla que Claudia acababa de abandonar, al parecer inmerso en la dura tarea de intentar escribir un libro, y evidentemente debió desconcertarle advertir que por la orilla del lago se aproximaba una muchacha que apenas se cubría con un vaporoso vestido que resaltaba la esplendidez de su figura y que parecía surgir de una revista de modas o de una publicidad de perfumes.

Le dedicó la mejor de sus sonrisas:

—¡Hola! ¿Dónde están los Gisclar?

—En Córcega; me han vendido el restaurante.

—Tienes cara de cualquier cosa menos de dueño de un restaurante de la campiña francesa, pero si dices que lo eres, no tengo por qué dudarlo. ¿Puedo usar tu embarcadero? Cuando salgo del agua por otra parte me ensucio de fango.

—Naturalmente.

Él se había desconcertado aún más al advertir que dejaba caer el vestido quedando con los pechos al aire, y casi se cayó de espaldas cuando vio cómo se despojaba de la peluca con el fin de colocarla sobre la mesa, por lo que le advirtió mientras se introducía en el agua:

—Tengo cáncer, pero no debes compadecerme; no tendré que soportarlo mucho tiempo.

—¿Te estás curando?

—No, pero me moriré dentro de un par de meses.

—¡Bromeas...!

—¿Bromearías con algo así? Mis padres han muerto, mis tres hermanas, dos de ellas gemelas, también, y por lo tanto hace tiempo que me hice a la idea. Es algo genético, así que no tengo derecho a quejarme; si mis padres me proporcionaron las razones para nacer, debo aceptar que también me las dieran para morir. En el fondo, siempre ha sido así; cada cual es la suma de sus padres y de sí mismo.

No le sorprendió que no le hubiera respondido; cualquier cosa que hubiera dicho carecería de sentido puesto que nadie estaba preparado para hablar con naturalidad de la vida y la muerte con una muchacha semidesnuda y calva que se bañaba entre una docena de patos.

Por ello al poco le rogó:

—¿Te importaría traerme mi toalla? *Madame* Gisclar la guardaba en un cajón de la cocina, entrando a la derecha; es una azul con rayas blancas.

Había ido a buscarla y en el momento en que le tendió la mano con intención de ayudarla a salir del agua experimentó un violento escalofrío que le recorrió de la nuca a los talones, por lo que se quedó muy quieta, inspiró profundamente y al poco lanzó un largo suspiro de placer.

—¡Dios Santo! Es como si acabaras de inyectarme morfina. Aseguran que hay gente que cuando impone las manos alivia a los enfermos, pero siempre supuse que eran paparruchadas.

—No creo en esas cosas.

—Pues me has calmado el dolor. ¿Ignorabas que tienes el don?

—¡Tonterías!

—¿Tonterías...? ¡Qué sabes tú de dolor? Hace años que convivo con él, y es un incansable ratón que me roe las entrañas hora tras hora, día tras día y año tras año. Tan solo la morfina lo aplaca a costa de atontarme, pero tú lo has conseguido y me siento más lúcida que nunca.

Aún con el agua a la cintura y rodeada de patos, le aferró con fuerza la mano, le obligó a tomar asiento en el primer escalón del embarcadero y cerró los ojos inspirando profundamente.

—¡Dios Bendito! Había olvidado lo que es vivir sin dolor. ¿Quién eres y de dónde has salido? ¡No! No hace falta que me lo digas; aunque fueras el hombre más poderoso de la Tierra no obtendría esta sensación de alivio que jamás supuse que volvería a experimentar.

Y lo que decía era cierto, porque había perdido tiempo atrás cualquier esperanza de futuro al ver cómo todos los miembros de su familia iban cayendo como los pétalos de un capullo que nunca acabaría por convertirse en flor.

La enfermedad maldita, aquella que al parecer portaban en la sangre o en los huesos, se había mantenido oculta y al acecho durante largos años, dulces años en los que cuatro preciosas niñas se fueron transformando en cuatro bellas adolescentes mientras compartían los sueños que esperaban que se hicieran realidad cuando se hubieran convertido en cuatro hermosas mujeres.

Fue entonces cuando el mal, el más odiado entre todos, decidió entrar a saco en un hogar feliz y machacarlo.

«Machacar» no era tal vez la palabra apropiada para expresar el inmenso sufrimiento que el cáncer causaba a los seres humanos, pero sí para describir cómo iba golpeando a toda una familia con la fuerza y la insistencia del martillo de un cruel herrero que se divirtiera trasladándola del fuego al yunque y del yunque al fuego.

En el corto transcurso de tres años había muerto de pena antes de sentirse plenamente preparada para morir de cáncer, puesto que con cada miembro de su familia que enterraba, enterraba también una parte de sí misma. Se convirtió por ello en asidua visitante de clínicas y hospitales, en los que se prestó a toda clase de pruebas, ofreciéndose como conejillo de Indias a fin de que estudiaran en profundidad las razones de tan envenenada herencia familiar.

También pasó a ser consuelo de enfermos cuando debía ser ella la consolada. Los meses anteriores los había dedicado a intentar transmitir a otros su entereza, pero ahora, sabiéndose ya en la última singladura de tan difícil travesía, había decidido regresar al lugar donde había pasado los únicos diecinueve veranos de su vida.

Ya no la acompañaban sus hermanas ni sus padres, y al parecer tampoco estarían con ella los amables ancianos que cada once de agosto le preparaban una preciosa tarta de cumpleaños, pero en su lugar había encontrado a un hombre cuya piel parecía constituir un auténtico regalo de los dioses.

Ninguna persona que no estuviera tan enferma como ella o padeciera el malestar que sufría día y noche estaba en situación de imaginar lo que significaba un minuto de descanso o un segundo de relajación.

Aquel tipo de dolor gritaba interiormente sin que nadie pudiera oírlo o tan siquiera imaginar hasta qué punto rugía, y su repentino silencio era como internarse en el reino de los cielos tras una larga marcha entre los aullidos de cuantos ardían entre las llamas del infierno.

—Quiero morir aferrada a tu mano.

—¿Por qué la gente tiene tanto empeño en morir prematuramente?

—Será porque la vida los ha abandonado sin haber abandonado antes su cuerpo. Vivir no solo significa respirar; también significa esperar, y si no esperas nada es como si no respiraras. Ese es mi caso.

Él le había obligado a salir del agua cubriéndola con

la enorme toalla azul y blanca para acabar por acomodarla en una silla.

—Tal vez lo que has dicho sea cierto; no puedo saberlo, pero si ya no esperabas nada, y tal como aseguras el hecho de tocarme te alivia, significa que estabas en un error y siempre hay lugar para la esperanza.

Le había secado con brío la cabeza, colocándole cuidadosamente la peluca, y tras observarla con atención había añadido:

—No sé si estás más guapa con ella o sin ella, pero al menos evitará que se te enfríen las ideas. Y ahora intentemos explicarnos de una forma racional por qué se supone que consigo aliviarte.

Nunca consiguieron encontrar la explicación, pero lo cierto era que continuaba con vida cuando hacía tanto tiempo que debería haberse reunido con sus padres y sus hermanas.

—¿Podría concederme cinco minutos, señor? Se trata de un asunto estrictamente personal.

—¡Faltaría más! Cuénteme lo que le ocurre y confío en que no tenga que ver con Adelaida; cuanto más la conozco más increíble me parece. Y sus críos son encantadores.

—Gracias, pero no es eso. Las cosas entre nosotros van tan bien que estoy pensando en alejarme de un oficio que como los dos sabemos no es tan respetable como a mi mujer le gustaría y del que pensaba jubilarme en cuanto usted lo hiciera.

—Eso lo comprendo, pero debe entender que siendo un hombre tan honrado como es, si se jubilara antes de tiempo únicamente contaría con una pequeña pensión que dudo le permitiera vivir con holgura o enviar a sus hijos a una buena universidad.

—De eso mismo se trata, señor; he estado pensando en algo a lo que dedicarme, y como últimamente he pasado mucho tiempo investigando a las medusas he descubierto que son unas malignas pero sorprendentes criaturas que poseen particularidades que las hacen únicas.

—¿Se refiere al grupo Medusa o a las que pican?

—A las que pican. Son babosas, acuosas, gelatinosas y tienen largos tentáculos dotados de células urticantes que rara vez resultan letales excepto en las de las avispas de mar que causan la muerte. La mayoría tienen los sexos separados y lo asombroso es que ciertas especies se encuentran sensibilizadas de una forma tan especial que en caso de sentirse amenazadas desarrollan y expelen en muy corto espacio de tiempo la misma cantidad de óvulos o esperma que hubieran producido a lo largo de toda su vida sexual.

Dan Parker, que había alzado la mano con la evidente intención de pedirle que dejara de atosigarle con una información seudocientífica que no le interesaba, se detuvo al tiempo que reconocía:

—Eso sí que resulta curioso, ya ve usted. ¿Lo echan todo?

—Lo que tienen y lo que tendrían en el futuro. Es una reacción excepcional y única en el reino animal destinada a perpetuar la especie. En aquellos puntos en los que se consideran en peligro se apresuran a desovar masivamente.

—Según eso es de suponer que la práctica totalidad de su siguiente generación nacerá y se desarrollará en las proximidades.

—Veo que lo ha captado. Al impedirles el paso protegiendo las playas con redes en las que se sienten atrapadas se las incita a desovar, con lo cual lo que realmente consiguen esas redes es multiplicar el problema y elevarlo a su máxima potencia de cara al futuro.

—Nunca se me habría ocurrido pero parece lógico. De niño me picó una medusa y me pasé tres días llorando.

—Si no fue en el Pacífico, que es donde abundan las avispas de mar, no pudo ser para tanto.

—Es que estaba desnudo y me picó en el pito.

—¡En ese caso!

—Me dejó una pequeña marca en forma de jota que se podía ver si se observaba de cerca. Algunas chicas me preguntaban si tenía algún significado, aunque de eso hace ya mucho tiempo. Probablemente ha desaparecido.

—O quizás últimamente ninguna se ha vuelto a acercar lo suficiente...

El tono de la respuesta no pasó desapercibido a su jefe, que por unos momentos dudó entre indignarse o echarse a reír, pero acabó por señalar:

—A veces tiene usted muy mala leche, Spencer, pero se lo pasaré por alto porque ha conseguido intrigarme aunque no me explico a qué coño viene lo de las puñeteras medusas.

—A que cuando se las recoge en barcos con el fin de trasladarlas a un vertedero se está permitiendo que en el espacio de tiempo que tardan en morir inunden las cubiertas de huevos fecundados que irán a parar al mar. Y la excesiva abundancia de medusas descompensa la cadena trófica debido a que el gran número de peces y crustáceos que consumen superan en mucho al de los animales que se alimentan de ellas.

Extrajo del bolsillo interior de su chaqueta un papel doblado en tres y extendió un tosco diseño ante las narices de su jefe al añadir:

—Para evitar una proliferación la única forma de destruirlas sería eliminándolas al instante, y con ese objeto he diseñado un marco de acero que contiene un bastidor de madera que deja espacios libres por los que tan solo pueden pasar las medusas. Tras él se encuentran situadas una serie de puntas de acero y cuchillas que las cortan en pedazos sin darles tiempo a poner en marcha el sistema de defensa reproductiva.

—¡Astuto sin duda! Y dañino.

—La nave a la que se fija el bastidor debe poseer el impulso necesario como para que el corte sea rápido e imprevisto. Las medusas son lentas y ciegas, por lo que no verán llegar el peligro, a diferencia de los peces, que se podrán apartar de inmediato sobre todo si el bastidor va pintado de colores llamativos.

Su jefe estudió con detenimiento el diseño que tenía delante y al fin no pudo por menos de comentar:

—Va a resultar que se ha equivocado usted de profesión y en lugar de espía debería haberse convertido en inventor. Habría ganado más.

—Pero no habría conocido a Adelaida. El problema estriba en que tal como ha dicho he sido demasiado honrado y carezco del capital necesario a la hora de fabricar los prototipos o conseguir patentes, por lo que había pensado que quizá le interesaría invertir algún dinero. Iríamos a medias.

Ahora sí que Dan Parker estuvo a punto de sufrir un soponcio, puesto que estalló casi echando espumarajos por la boca:

—¿Invertir algún dinero...? ¿Se le ha pasado por la cabeza que a mi edad me puedo convertir en una especie de «destripamedusas»?

—Siempre sería mejor que llegar a viejo como «destripapersonas».

—Escúcheme bien, Spencer, que empiezo a estar hasta el gorro de usted; se supone que soy espía, no empresario, o sea que no trate de subirme a ese burro porque únicamente monto a caballo.

Extrajo una carta de un cajón de la mesa y se la alargó al tiempo que le devolvía el tosco diseño:

—Y ahora olvídese de esos jodidos bichos y dígame lo que opina de esta carta. Llegó ayer, pero aún no he acabado de entender su auténtico significado.

Su subordinado tomó asiento, se caló las gafas, repasó con suma atención y hasta por tres veces cada una de las palabras que contenía la larga misiva, y al fin señaló:

—Pues la encuentro muy bien redactada; ya me gustaría expresarme con tanta claridad. Y la idea me parece excelente.

—¿Pero usted de parte de quién está?

—¿Me pide que elija entre la política de la agencia y los niños que se mueren de hambre?

—Sabe muy bien que no me refiero a los niños sino a una pandilla de insensatos que pretenden obligarnos a hacer lo que les sale de los cojones.

—A mi modo de ver son expresiones excesivamente fuertes cuando se refieren a alguien que está intentando solucionar un problema que entre todos los Gobiernos del mundo no han sabido, o no han querido, resolver.

—En eso estoy de acuerdo, pero fueron ellos los que nos obligaron a enviar miles de toneladas de alimentos al Sahel.

—Lo cual demuestra que son más inteligentes que nosotros puesto que admiten su error y nosotros jamás admitimos ninguno.

—¡Porque somos la agencia, faltaría mas! ¿Adónde iríamos a parar si fuéramos por ahí reconociendo que nos hemos equivocado?

—Quizás adonde deberíamos estar...

—No juegue a ser capcioso conmigo, Spencer; con lo del jarrón chino fue suficiente.

—Lo siento.

—No es tiempo de pedir disculpas, lamentarse o discutir entre nosotros. Lo que tenemos que hacer es determinar si esta petición tiene sentido.

—Tiene el principal de los sentidos, señor; sentido común. Y si no recuerdo mal en su rancho tiene gallinas. ¿Alguna vez les echa maíz?

—A menudo.

—¿Y ha intentado echarle maíz a una persona? ¡No! Desde luego que no, porque a lo largo de milenios las personas hemos ido evolucionando, por lo que somos casi incapaces de asimilar granos crudos. A no ser que los mastiquemos hasta dejarnos los dientes en el intento, los expulsamos tal como los tragamos.

—Ya me había dado cuenta.

—Lo cual quiere decir que al enviar esos alimentos nos comportamos como aquellos médicos que cuando un enfermo padecía anemia en lugar de una transfusión le practicaban una sangría. Estos supuestos «insensatos» demuestran un desconcertante grado de sensatez, porque de igual modo tienen razón al señalar que no debemos continuar enviando arroz debido a que el arroz estriñe y las personas estreñidas suelen consumir más agua que las que evacuan con normalidad.

—¿Y eso por qué?

—No estoy seguro, pero por lo visto se debe a que el cuerpo necesita mucho líquido con el fin de humedecer los intestinos. Supongo que si están resecos se contraen y los excrementos no avanzan.

—Nunca se me habría ocurrido, aunque lo cierto es que nunca me había parado a pensar en ello.

—Debe de ser porque no padece estreñimiento.

—¿Y usted sí? ¡Vaya por Dios! Ahora entiendo por qué algunas mañanas desaparece sin dejar rastro. ¿Ha probado con ciruelas?

—He probado con todo.

—¡De acuerdo! A la vista de los acontecimientos y teniendo en cuenta que no nos queda otro remedio, haremos lo que piden porque son capaces de organizar otro desastre. Y está claro que tienen prisa.

—Lógico, porque la hambruna avanza a marchas forzadas.

Dan Parker se echó hacia atrás en su butaca, apretó los puños como si diera a entender que se lanzaba de cabeza a un imaginario estanque o se disponía a alzar el vuelo, y señaló convencido:

—Dudo que cocineros, científicos o nutricionistas sean capaces de preparar nuevos tipos de esa clase de alimentos en poco tiempo, o sea que nos arreglaremos con los que, según estos locos, ya existen.

—No estoy seguro, pero creo recordar que en cierta ocasión mi suegra comentó que de pequeña solía comer algo parecido.

—¿Pero su suegra no es venezolana? ¿Qué tiene que ver Venezuela?

—No lo sé, pero puedo preguntárselo.

—Hágalo y a ver si sacamos algo en limpio, porque para demostrar que algo funciona a gran escala lo primero que se debe hacer es demostrar que funciona a pequeña escala. Busquemos un lugar en el que los niños se estén muriendo de hambre y empezaremos por ahí.

Spencer meditó unos instantes, estudió con detenimiento el enorme mapamundi que ocupaba la pared lateral del despacho y al poco señaló:

—Aquí, en el norte de Mali, continúan produciéndose enfrentamientos entre el Gobierno central y los extremistas islámicos. Y tengo entendido que organizaciones humanitarias han instalado campamentos de refugiados en la frontera con Mauritania.

—Pues elijamos uno pequeño pero que tenga pista de aterrizaje. Más vale que nos concentremos en un punto concreto, porque estos cabrones puede que sean unos locos pero no unos estúpidos. Si ven que les hacemos caso y su propuesta funciona en Mali nos concederán más tiempo y será entonces cuando podamos poner a trabajar a los cocineros o a quien carajo haga falta.

Guardó silencio con la vista clavada en el mapa para acabar lanzando un sonoro resoplido:

—Por lo que he podido comprobar, ese condenado Sahel es inmenso. Casi cinco mil kilómetros de largo desde el Atlántico al Mar Rojo y una media de quinientos de ancho. Sería fabuloso dar de comer a tanto desgraciado.

—¿Empieza a confiar en el sistema?

—Por principios y por oficio yo no confío ni en mi padre, Spencer, pero por el mero hecho de estar obligado a comportarme como san Mateo, que por no creer no creyó ni en Jesucristo resucitado, de vez en cuando debo exigirme unas «pequeñas vacaciones mentales».

—Estoy de acuerdo, y también en que debería hacerlo más a menudo.

—Ojalá pudiera, pero entre judíos, palestinos, ucranianos, rusos, libios y sirios acabarán por volverme loco. ¡Cómo les gusta matarse!

—En algo tienen que emplear las armas que les obligamos a comprarnos, porque le recuerdo que la tercera parte de cuanto fabricamos son armas...

—Las cosas están cambiando.

—Lo sé; fabricamos menos pero más potentes.

—¡No siga por ese camino, Spencer! No es momento. Y como no quiero ni debo disgregarme voy a dejar este asunto en sus manos. Que su suegra o el mismísimo presidente Maduro si es necesario le cuenten cuanto sepan sobre ese tipo de alimentos y utilice todos los medios a nuestro alcance, pero tráigame resultados...

—¿Me está dando carta blanca?

—Puede gastar cuanto le dé la gana porque acabo de darme cuenta de una cosa: si ese sistema sirve para auxiliar a niños africanos también servirá para auxiliar a víctimas de terremotos, inundaciones, huracanes, incendios y todo tipo de catástrofes en las que la población se queda sin víveres, energía o agua potable.

—Pues no había caído en ello, pero tiene razón. Se les podría enviar ayuda de una manera rápida y eficaz.

—Más vale emplear nuestro dinero en eso que en

construir un nuevo «misil-anti-misil-anti-anti-misil» más sofisticado que el de los rusos, o sea que vaya a redactar una orden interna por la que le pongo al mando de la que llamaremos «Operación Adelaida» y en la que hasta el gato tendrá que estar a sus órdenes.

—Le agradezco la muestra de confianza, señor. Y mi mujer se pondrá muy contenta con el nombre que ha elegido.

—Se lo merece, aunque tan solo sea por soportarle. Y puesto que volvemos a hablar de confianza le ordeno que ya que va a manejar tanto dinero, aparte discretamente un poco por si decide jubilarse antes de tiempo. Seré yo quien revise las cuentas y haré la vista gorda.

—Sabe muy bien que soy incapaz de hacerlo. ¿Por qué me pide algo tan impropio?

—Nunca entenderé cómo ha llegado a este puesto, porque a usted hay que explicárselo todo, Spencer. Sigue siendo un zoquete.

—¿Por no robar...?

—¡Qué cruz! Imagínese que trabaja en un taller en el que desde el jefe al último mecánico andan de grasa hasta las cejas mientras un tipo absurdo se mete bajo los coches vestidito de blanco y sale tan impoluto como Tony Curtis en *La carrera del siglo*. ¿Qué pensaría?

—No lo sé; no he visto esa película.

—Pues vaya a verla, reflexione y muestre un poco de solidaridad con sus compañeros de trabajo. ¡Tampoco mucha, no vaya a pasarse!

XII

Sobre el lago corría un viento fresco, pero se había enfundado en su muy bien acondicionado traje de motorista, botas y guantes incluidos, por lo que disfrutaba del paisaje mientras los patos se acurrucaban a sus pies, aunque los más valientes se atrevían a darse de tanto en tanto un chapuzón para regresar de inmediato sacudiéndose con lo que parecía un escalofrío.

Tan solo les faltaba decir: ¡Brrrrr...! y pedir una toalla.

Agradecía que Claudia hubiera decidido acompañar a Cristina en su diaria visita a los enfermos, puesto que estaba necesitando disfrutar de unas horas de soledad, con el fin de intentar poner un poco de orden en sus cada vez más confusas ideas.

Los acontecimientos parecían querer acelerarse corriendo hacia el abismo del colapso mental o las tinieblas de la demencia, y la mejor prueba estaba en que distinguía con absoluta nitidez a la mujer de los pechos caídos mientras se mecía en el viejo columpio en el que él mismo solía mecerse tiempo atrás, aunque ahora ya no mostraba al niño como si se tratara de un cadáver, sino que se limitaba a acunarle, canturreando por lo bajo como si deseara mantenerle dormido mientras aguardaba con infinita paciencia a que alguien acudiera a alimentarlo.

Ese sencillo cambio de actitud le animaba a imaginar que tal vez sabía que la carta que habían enviado había llegado a su destino.

Y su destino no era otro que hombres de buena voluntad.

En ese caso tan solo cabía esperar con idéntica paciencia.

Le sonrió intentando transmitirle esperanza, o tal vez tan solo se sonrió a sí mismo intentando infundirse nuevas esperanzas mientras contemplaba el invernal paisaje, y se esforzaba por imaginar a qué estarían jugando en aquellos momentos su hijo y Vicenta.

Permaneció así un largo rato, muy quieto, mirando al horizonte aunque viendo tan solo en su interior, hasta que le alertó un ruido de pasos y al volverse vio llegar por la orilla del lago a un hombre fuertemente armado y de descomunal corpulencia.

Cuando se aproximó lo suficiente pudo comprobar que vestía uniforme de combate y lucía las insignias de teniente del ejército israelí.

Se sintió incapaz de decidir si era real o se trataba de una de sus frecuentes alucinaciones, por lo que se limitó a permanecer inmóvil hasta que el recién llegado se detuvo cuadrándose militarmente.

—¡Buenos días! ¿Puedo sentarme?

—¡Naturalmente!

—La caminata ha sido condenadamente larga.

—Lo imagino. ¿Y no resulta un poco chocante pasearse de uniforme y con una metralleta al hombro por un país que no es el suyo?

—En realidad no sé dónde me encuentro, pero hasta aquí he llegado.

Apoyó su arma contra la pared, depositó con sumo cuidado la gorra sobre la mesa y giró el dedo índice señalando a su alrededor:

—¿Dónde estamos?

—En Francia.

—No parece usted francés.

—Y no lo soy, pero usted sí que parece israelí, y le advierto que los franceses son bastante quisquillosos en lo que se refiere a armas y uniformes; les han invadido demasiadas veces. ¿Qué hace tan lejos de casa?

—Mi coronel me ha enviado a pedirle que nos ayude.

—¿A mí? ¿Y qué clase de ayuda cree que puedo prestarles?

—Cualquiera que nos permita acabar con una repugnante carnicería. ¿Qué imagina que sentimos cuando bombardeamos un hospital o permitimos que nuestros tanques pasen sobre sus ruinas sabiendo que bajo ellas aún quedan heridos?

—A menudo me lo he preguntado, pero no encuentro respuesta. Dígamelo usted.

—¡Asco! ¡Asco, vergüenza y amargura! Nos vemos obligados a llorar a escondidas sin explicarnos a qué se debe tanta crueldad y semejante insensatez. Aniquilamos palestinos en proporción de casi mil a uno porque nuestros dirigentes aseguran que nos provocan, negándose a admitir que quienes nos provocan no son palestinos, sino yihadistas islámicos. Puede que algunos hayan nacido en Palestina, pero si anteponen el fanatismo a su patria no son auténticos palestinos; tan solo son yihadistas, tan enemigos de los judíos como de los cristianos o los propios musulmanes.

—Admito que es un punto de vista lógico y que probablemente esté en lo cierto, pero no conozco lo suficiente el tema y no entiendo qué tengo que ver yo con todo esto. No es mi guerra.

—Mi coronel asegura que todas las guerras son su guerra, y por eso le suplica que intervenga.

—¿Pero qué clase de coronel es ese? ¿Un visionario?

—¡Oh, no! Siempre ha sido un hombre muy sensato.

—¡Cualquiera lo diría...! ¿Me permite que le haga una pregunta indiscreta? ¿Está usted muerto?

—¡Perdón! ¿Cómo ha dicho?

—Que si está usted muerto, porque hay muchas cosas en su forma de aparecer y comportarse que no me cuadran.

—No que yo sepa, y creo que tampoco lo aparento. Aunque dada la situación podría darse el caso.

—¿Y no le importa?

—Tras el horror que he visto lo único que me importa es cumplir una orden que no implique masacrar inocentes. Me da igual hacerlo vivo que muerto, porque desde el momento en que entramos en Gaza no sé si estoy de un lado o del otro de una línea tan frágil que un obús apenas tarda una milésima de segundo en atravesar. ¿Acaso resulta un impedimento estar muerto a la hora de hacerse oír?

—¡No, por Dios! Al parecer me han impuesto la obligación de escuchar a cuantos lo soliciten sin tener en cuenta su nacionalidad, ideología, raza o religión, y quiero suponer que tampoco importa que se encuentren a uno u otro lado de una raya que no tengo ni la menor idea de por dónde cruza.

—No creo que nadie lo haya sabido nunca.

—Cierto... Y si desde los dos extremos del cañón piden clemencia, ¿quién soy yo para negarla?

—¿Va a ayudarnos?

—¿Cómo?

—Mi coronel aseguraba que usted sabe hacerlo.

—Con todos los respetos, lo que tenía que haber hecho su coronel era dar media vuelta a sus tanques y aplastar a quienes le ordenaron que avanzara. No me parece justo que me endose sus problemas porque ya tengo demasiados.

—Nómbreme uno que sea más importante que evitar que cientos de niños mueran.

—Evitar que miles de niños mueran...

—Desde luego ese lo es. ¿Y cómo espera conseguirlo?

—Proporcionándoles una alimentación adecuada, lo cual en teoría debería ser bastante más fácil que conseguir que no los bombardeen, pero empiezo a dudarlo, puesto que quienes fabrican esas bombas procuran que se utilicen aunque sea sobre niños. Cuestan muy caras.

—Mi coronel hizo un cálculo; con las que se lanzan en un solo día se podrían construir tres hospitales. Esa es una de las razones por las que me ordenó venir.

—Ciertamente se trata de un coronel muy peculiar. Me gustaría conocerle.

—Lo veo difícil porque pretenden acusarle de alta

traición y en mi país ese delito implica cadena perpetua e incluso la horca.

—¡Vaya por Dios! ¡Lo lamento!

Guardó silencio unos instantes observando con mayor detenimiento a quien ahora parecía tener la mente lejos de allí, tal vez acompañando a su admirado coronel, y que se entretenía en acariciar distraídamente a un descarado pato que se había subido a la mesa.

Cuando comprendió que si no le obligaba a reaccionar continuaría en el limbo, inquirió:

—¿Ve a esa mujer que se está columpiando?

El interrogado giró levemente la cabeza y asintió:

—¿Por qué anda semidesnuda?

—Creo que es sudanesa.

—¿Y las sudanesas no sienten frío?

—Supongo que sí, pero lo que intento darle a entender es que si puede verla se debe a que probablemente está usted muerto.

—¿Usted también la ve?

—Sí.

—¿Y está muerto?

—No.

—¿Entonces...?

—Buena pregunta, ciertamente. Muy buena. Tanto, que me obliga a replantearme la posibilidad de haber sido fulminado por uno de aquellos malditos rayos.

—¿Le cayó más de un rayo?

—Varios.

—Conozco a un general que ha sobrevivido a tres guerras, pero no sabía de nadie que hubiera sobrevivido a varios rayos. Y si es así entiendo que mi coronel asegure que usted es el único que puede poner fin a esta carnicería.

—Lo dudo, porque esa carnicería dura ya dos mil años, y perdone si hiero sus sentimientos, pero en ocasiones creo que eso que llaman «Tierra Santa» es en realidad una tierra maldita, puesto que por mucho que se la riegue con sangre continúa siendo un desierto.

—Por eso algunos de los encargados de continuar ensangrentándola hemos pensado que tal vez regándola con un poco de compasión daría mejores frutos.

—Extraño me resulta oír hablar así a alguien que viste uniforme y va armado hasta los dientes.

El gigantón se acarició las insignias con innegable orgullo al responder.

—El hábito no hace al monje ni el uniforme al hombre; los individuos más crueles que conozco visten traje y corbata y jamás han empuñado un arma.

Se puso en pie, se caló la gorra y recogió la suya.

—Y ahora debo irme porque el camino es largo y me arriesgo a que me consideren desertor, lo cual también castigan con la muerte quienes ya nacieron desertores. ¿Seguro que esto es Francia?

—Seguro.

—¡Quién lo diría con gente semidesnuda en pleno invierno! ¿Piensa ayudarnos?

—Lo intentaré pero no le prometo nada.

Le estuvo observando hasta que desapareció entre los árboles y al poco se volvió al pato que continuaba sobre la mesa:

—Para mí que está muerto... ¿Tú qué opinas? Y no me respondas «cua» porque siempre dices lo mismo y no me aclara nada.

El aludido ni tan siquiera se dignó abrir el pico, limitándose a dedicarle una larga mirada de desprecio y lanzarse al agua, en la que chapoteó hundiéndose y volviendo a emerger, demostrando con ello que sabía hacer cosas que él jamás sabría hacer, por lo que le amenazó seriamente:

—Como continúes intentando humillarme te desplumo.

El animal decidió alejarse, por lo que permaneció muy quieto intentando asimilar cuanto había oído y preguntándose qué opciones tenía a la hora de auxiliar a cuantos pensaban y sentían como aquel hombretón uniformado del que ni siquiera se consideraba capaz de decidir si era un ser imaginario o en verdad estaba regresando a un lejano campo de batalla.

Al poco extrajo del bolsillo de la camisa la piedra negra y la acarició con mimo intentando obtener las respuestas que no sabía encontrar.

A lo largo de su extensa trayectoria profesional, había traducido incontables libros que abordaban el tema del sionismo, desde puntos de vista que oscilaban de la defensa a ultranza al odio más profundo, y fiel a su trayectoria, jamás quitó o añadió una sola palabra ni cambió de sitio una coma, respetando la libertad de expresión de los autores fueran cuales fueran sus tendencias, ya que esa era su obligación y siempre se esforzó en cumplirla a rajatabla. No obstante, tras analizar una ingente montaña de información y opiniones contrapuestas, nunca había sabido determinar dónde terminaba la verdad y dónde empezaban las mentiras.

Siglo a siglo, los judíos habían conseguido controlar la mayor parte de los grandes medios de comunicación pero resultaba evidente que empezaban a enfrentarse a un grave problema: nunca conseguirían evitar que un internauta anónimo colgara en las redes sociales un vídeo en el que aparecían militares israelíes ametrallando civiles indefensos, ni que en cuestión de horas fuera visitado por millones de usuarios de cualquier lugar del mundo, debido a que los poderes se estaban equilibrando y quien apenas había invertido cien euros en un ordenador estaba en condiciones de plantarle cara a quienes habían invertido miles de millones en una red de periódicos.

Y con el paso del tiempo el fiel de la balanza acabaría por inclinarse del lado de los internautas.

Evidentemente las nuevas tecnologías estaban consiguiendo alterar lo que hasta aquel momento era inalterable, a base de proporcionar a los humildes tijeras con las que cortar los hilos de las antaño intocables marionetas.

Cabía imaginar que algunos dirigentes hubieran comenzado a comprender el imparable alcance de semejante enemigo, decidiendo curarse en salud y ampliar territorios mientras aún controlaban la opinión de las mayorías.

Probablemente él era la persona menos indicada a la hora de determinar si eso era bueno o malo, puesto que fue el primero en intentar, sin demasiado éxito, poner coto al abuso en las redes sociales.

Resultaba muy difícil ser juez y parte a no ser que el juez fuera más juez que parte la parte, y ese era un pequeño pero importante detalle que en su caso no se sentía en condiciones de determinar.

Anhelaba volver a los viejos tiempos, en que tan solo era un sencillo senderista que vivía en absoluta libertad y cuya única aspiración se centraba en reunir el talento necesario como para escribir un libro, en el que contaría alguna emocionante aventura que le hubiera ocurrido y que fuera merecedora de ser contada.

Se le antojaba muy frustrante que en aquellos momentos dispusiera al fin del argumento pero careciera de libertad para escribirlo.

Aunque probablemente también carecía de talento. Tenerlo o no tenerlo continuaba siendo un absurdo misterio.

Conocía brillantes intelectuales incapaces de trasladar sus ideas a una hoja de papel, y había traducido cinco novelas de un botarate que en persona jamás conseguía hilvanar tres frases seguidas, pero que ante esa misma hoja de papel parecía transformarse consiguiendo atrapar al lector desde la primera página.

¿En qué consistía su odiosa habilidad? ¿En qué oculto rincón guardaba tan sorprendentes trucos de magia?

Recordaba haber visitado con sus padres una oscura caverna en la que un increíble artista prehistórico había pintado a la luz de una hoguera, y sin más elementos que carbón y sangre, escenas tan reales que se podría creer que en cualquier momento caballos, ciervos y bisontes partirían al galope esquivando las flechas del cazador.

Aquello era talento; la sal con que el Creador condimentaba a algunos seres humanos especialmente dotados.

Él había tenido que conformarse con resultar absolutamente insípido hasta que le proporcionaron tal cantidad de nuevas dotes, que lo habían convertido en una especie de salmuera.

A alguien se le había ido mucho la mano.

Permaneció allí, acariciando la piedra y rumiando la amarga desdicha que significaba haber sido elegido para convertirse en protagonista de una tragedia en que nunca había ansiado figurar, y no ser ni siquiera figurante en la comedia que le hubiera gustado interpretar.

Siendo muy joven había leído una frase que se le antojó intrigante, y a la que nunca había sabido encontrar sentido: «El mejor pintor, el de más imaginación, el que mejor combinaba los colores y reflejaba los estados de ánimo, jamás dejó ninguna de sus creaciones para disfrute de las generaciones venideras. Era ciego.»

Continuó meditando sin éxito sobre el significado que el autor había pretendido dar a sus palabras, hasta que se escuchó el ruido de un motor y al poco, las dos mujeres tomaron asiento a su lado.

—¿Cómo se encuentra Madeleine?

—Sobrevive, que es lo peor que puede ocurrirle en estos casos.

—¿Y qué piensas hacer?

—Acompañarla hasta el final. Pero vosotros deberíais marcharos, porque anuncian temporal del noroeste, y cuando aquí empieza a llover no para, los caminos se encharcan y la caravana se os hundiría en el fango. Con ese tiempo tan solo se puede circular en un todoterreno como el mío.

—De todas maneras teníamos que irnos porque el tiempo apremia.

Claudia pareció alarmarse:

—¿El tiempo apremia...? ¿Y adónde coño vamos con tanta prisa?

—Aún no lo sé.

—Resulta ciertamente intrigante descubrir que siglos antes del nacimiento de Colón, o sea, cuando se supone que aún no existía ningún tipo de relación entre ambos continentes, ya las poblaciones autóctonas de la costa oriental del Pacífico y las de la costa oriental del Atlántico lo utilizaran como alimento esencial y recurso contra las hambrunas, debido a que es natural, rico en fibra, contiene por lo menos seis vitaminas y su valor energético supera al de la carne...

Don Teodomiro Quintero se sentía feliz por el hecho de poder hablar cuanto quisiera de aquello a lo que había dedicado la mayor parte de su vida, debido a que constituía no solo su profesión sino, sobre todo, una pasión heredada, como el molino, de sus padres y abuelos.

El auditorio era escaso pero excelente, por lo que añadió con estudiada calma mientras se rascaba con insistencia el bigote:

—¿Puede atribuirse a una casualidad que se utilizara al mismo tiempo cuando la distancia es tan grande y entre ellos se interponían un océano y un continente? ¿Quién se atrevería a decirlo? Yo no, desde luego, pero lo que resulta innegable es que incas, mapuches y patagones lo consumían en la misma época que los bereberes. Y que fueron estos últimos los que lo trajeron al archipiélago cuando se asentaron aquí.

—¿O sea que los guanches éramos moros?

Don Teodomiro apartó con desgana los ojos de la atractiva mujer que se sentaba al otro lado de la mesa y los clavó en la anciana que se encontraba a su lado, que era quien le había interrumpido con una pregunta ciertamente absurda.

—Los guanches, no, señora; guanches tan solo eran los aborígenes de Tenerife, aunque posteriormente se les dio la misma denominación a los nativos de las demás islas. Los bereberes únicamente se establecieron en las islas orientales.

—Según eso no tengo ascendencia guanche ni bereber, porque sabido es que los palmeros descendemos de una palma. Bromas aparte, lo que ahora importa es que cuando tenía nueve años, mi familia emigró a Caracas y, siempre le he contado aquí, a mi hija, que si durante aquellos malditos años de posguerra, en los que en La Palma se pasaba un hambre calagurritana y nos comíamos hasta a los gatos, conseguí sobrevivir fue gracias a que cada día mi padre me daba cinco céntimos para que, durante el recreo, le comprara una pella de gofio a la viejita que montaba su puesto frente al colegio. A cambio de aquella perra chica me daba una bola del tamaño de una pelota de tenis, y estaba tan bien amasada que ni siquiera ensuciaba las manos aunque al morderla se disolviera lentamente en la boca. ¡Era pura gloria!

—En mi juventud valían bastante más, pero me encantaban las que tenían trocitos de almendra.

—En el año treinta y ocho las almendras constituían un lujo; me contentaba con que le hubiera añadido raspas de queso.

—¿Nunca probó la de piñones?

—No, pero recuerdo que las de plátanos escarchados o higos secos...

Conociendo a su madre y temiendo que semejante conversación de tintes evidentemente gastronómicos se prolongara al infinito, alejándose de sus verdaderos objetivos, Adelaida Perdomo se vio obligada a intervenir llamando al orden:

—¡Un momento, por favor...! Por lo que veo, mi madre tenía razón al señalar que resulta apetitoso y nutritivo, y eso es lo que importa, porque no hemos volado durante quince horas para hablar de gustos personales, sino para averiguar si puede ayudarnos.

Su interlocutor no dudó en asentir, pero al mismo tiempo alzó la mano como pidiendo una cierta prudencia:

—En principio, y dentro de unos límites y unas cantidades razonables, quiero suponer que sí, pero si por lo que me ha contado se está refiriendo a alimentar a miles o tal vez millones de personas, proporcionándoles una dieta equilibrada, las cosas cambian. Habría que invertir mucho dinero, porque mi molino, que es uno de los mayores del archipiélago, no daría abasto ni para cubrir la milésima parte de semejantes necesidades.

—Por el dinero no se preocupe.

—Mi querida señora; el día que no me preocupara por el dinero, ni sería empresario ni probablemente me llamaría Teodomiro Quintero. Le garantizo que los bancos no conceden créditos a proyectos humanitarios por muy razonables y muy humanitarios que parezcan.

—El dinero llegará de donde tenga que llegar, visto que actualmente se gasta en algo que no salva las vidas que hay que salvar. Lo que ahora le pido es que me aclare las diferencias básicas entre lo que se está enviando hoy en día al Sahel, y lo que se debería enviar.

Don Teodomiro Quintero, pachorrudo hasta la médula, se tomó como de costumbre un largo tiempo a la hora de responder, tal vez presintiendo que su respuesta podría significar un cambio en su monótona forma de vida, e incluso en la de millones de seres humanos, y como si ello le ayudara a pensar, se volvió a admirar las gigantescas olas que rompían contra los acantilados.

Por último replicó con su calma habitual:

—La principal diferencia estriba en que los alimentos que ahora se están enviando, especialmente harina de trigo o maíz, se envían crudos, por lo que posteriormente necesitan cocción. El gofio es la harina que ha resultado de tostar previamente los granos de trigo o de maíz y molerlos a continuación.

—¿O sea que lo que se hace es un proceso inverso; primero se tuesta y luego se muele?

—Lo cual lo vuelve digerible, y por lo tanto el primero de los problemas que me planteaba, el fuego necesario para la cocción, ha quedado resuelto.

—¿Y el segundo...? El agua, porque supongo que este gofio que veo aquí, seco y en polvo, no puede comerse.

—¡Por supuesto! Nadie en su sano juicio lo haría, al igual que nadie en su sano juicio se metería en la boca un puñado de harina. ¿Lo haría usted?

Adelaida Perdomo, que a pesar de tener dos hijos casi adolescentes continuaba siendo tan atractiva como la lejana noche en que fascinó a Dan Parker y, sobre todo, al que acabaría siendo su marido, se tomó a su vez un cierto tiempo a la hora de responder.

Agradecía la confianza que el director de la agencia había depositado en ella, pero a menudo dudaba de estar a la altura de las circunstancias puesto que tan solo era una pobre muchacha cuya familia se había visto obligada a emigrar en dos ocasiones, lo que le había llevado a acabar trabajando en un supermercado tras haber bordeado peligrosamente el oscuro mundo de la prostitución.

La responsabilidad se le antojaba excesiva, pero sabía que no le quedaba más remedio que aceptarla, puesto que de ello dependía el éxito o el fracaso del apasionante proyecto al que tan generosamente Dan Parker había puesto su nombre.

Si bien en un principio albergó serias dudas sobre su viabilidad, a medida que pasaban los días su confianza iba en aumento hasta el punto de considerar que no se trataba de un auténtico disparate. Por si ello no bastara, ahora aquel parsimonioso bigotudo aseguraba que pueblos primitivos habían sido capaces de superar de ese modo las hambrunas en tiempos difíciles.

Siempre había creído que con demasiada frecuencia el hombre moderno despreciaba en exceso los conocimientos de sus antepasados, ya que razón tenía el conocido dicho: «No por ser nuevo es necesariamente bueno.»

Cuando lo nuevo demostraba no ser necesariamente bueno, y en esta ocasión millones de muertos demostraban que no lo era, tal vez regresar «a lo viejo» constituyera una posición más inteligente.

Consciente de sus limitaciones, había intentado estudiar con el máximo interés posible la situación y había llegado a una firme convicción: con demasiada frecuencia en el Sahel los pozos se encontraban demasiado lejos del punto en que se entregaban los alimentos, y también en ocasiones esos pozos se encontraban demasiado lejos de donde se encontraba la leña.

No resultaba extraño por tanto que con tanto ir y venir los desnutridos consumieran más energías de las que obtenían a cambio de sus esfuerzos, lo que desde el punto de vista comercial significaba un fracaso y, desde el punto de vista social, una catástrofe humanitaria.

No obstante, y por lo que le había dado a entender su interlocutor, aquella harina ya tostada se podía mezclar con leche, aceite y caldo de carne, pollo o pescado, puesto que la consistencia de la pasta resultante tan solo dependía de la habilidad de quien la preparaba.

Al fin se decidió a inquirir:

—¿Quién podría encargarse de preparar la masa si le comprase la totalidad de la producción de su molino?

Se diría que al cada vez más desconcertado Teodomiro Quintero le costaba trabajo asimilar la pregunta, e incluso comenzaba a temer que lo único que estaba haciendo era perder el tiempo, por lo que respondió con una cierta acritud.

—Conozco a mucha gente que sabría hacerlo, pero

a nadie que pudiera hacerlo, porque se trataría de amasar cientos de toneladas y eso no hay quien lo consiga a mano.

—¿Y utilizando máquinas como las que amasan pan?

—¡Pero por Dios, señora...! Viene a verme con una idea que en principio me parece factible, interesante, e incluso diría que apasionante, pero pretende verla materializada al instante, y eso significaría echarla por la borda. ¿Tiene idea de cuánto se tardaría en importar la maquinaria necesaria para montar una planta que tenga la capacidad de procesar todo el gofio que soy capaz de producir?

Como convincente respuesta, Adelaida Perdomo extrajo de su bolso una chequera, firmó uno de los talones y se lo alargó permitiendo que se deslizara sobre la mesa.

—Compre una panadería.

—¿Cómo ha dicho?

—He dicho que compre la panadería que mejor se adapte a nuestras necesidades y con el resto, contrate a quien necesite al precio que pida, pero tenga esos alimentos listos cuanto antes.

El hombre, que continuaba mirando el cheque sin dar crédito a lo que veía, acabó por sacudir la cabeza como si con ello pretendiera despertar de un sueño, se rascó de nuevo el bigote y por último comentó:

—¡Carajo, señora! Si está usted persiguiendo un milagro, lo persigue con los mejores galgos.

La madre de Adelaida llevaba demasiado tiempo sin abrir la boca, por lo que debió de considerar que había llegado el momento de aportar su granito de arena interviniendo en un tono casi melodramático:

—Mi hija tiene muchos iguales, pero le advierto que si intenta engañarla lo pagará muy caro; su marido es un capo de la mafia.

—¡Pero mamá...! ¿Cuántas veces tengo que decirte que Spencer no forma parte de ninguna mafia?

—Pues debería hacerlo porque los mafiosos visten con mucho estilo, mientras que tu marido se compra la ropa en las rebajas. Y a usted, señor, se lo repito: más le valdrá ser un hombre honrado, vivo y rico, que un pobre cadáver de ladrón.

—No le haga caso, por favor; se pasa la vida viendo telenovelas.

—A mí me gustan.

—Pues hágale caso, pero volvamos a lo nuestro: ¿Durante cuánto tiempo resultaría comestible ese tipo de pasta?

Tras meditarlo nuevamente, el dueño del molino replicó:

—Eso dependería de los ingredientes, porque no es lo mismo que se añada únicamente agua y almendras, que caldo de carne o de pescado. Es un tema que nunca se ha estudiado a fondo, porque lo lógico es que se consuma en el momento de prepararlo.

—¿Podría envasarse al vacío?

La demanda pareció coger desprevenido a su oponente, que optó por encogerse de hombros evitando comprometerse.

—Supongo que sí, pero si está pensando en enormes cantidades destinadas a regiones muy calurosas y con notables diferencias de temperatura entre el día y la noche, sería conveniente añadirle algún tipo de conservante.

—Obligaremos a trabajar en ello a los mejores especialistas.

Don Teodomiro Quintero agitó el cheque como una bandera:

—Con semejantes argumentos le auguro un rotundo éxito.

Quien lo había firmado le dedicó una de sus arrebatadoras sonrisas:

—Pese a ser ciudadana norteamericana por estar casada con un gringo, nunca aprobé su manía de intentar dominar el mundo y si ahora me han proporcionado la oportunidad de gastar su dinero en algo útil, pienso gastármelo hasta que deje al viejo Tío Sam en calzoncillos.

—Sería digno de ver con calzoncillos a rayas y su enorme sombrero.

—Pues así estará, porque no se trata de salvar únicamente vidas africanas; el mes pasado los islamistas perseguían a tiros y enterraban vivos a los no musulmanes en Irak, miles de infelices tuvieron que huir a las montañas y el envío de alimentos constituyó un rotundo fracaso.

Tomó aire, palpó un poco del gofio en polvo que tenía ante ella, lo probó con la punta de la lengua y asintió varias veces, como si estuviese confirmándose a sí misma que la decisión que iba a tomar era correcta:

—Si consigue que el sistema funcione, le prometo que intentaré convertir el archipiélago en la puerta de entrada de esos alimentos hacia África, visto que son los únicos que saben cómo prepararlos. Construiremos nuevos molinos y fábricas que amasen la pasta, traeremos expertos en nutrición y daremos trabajo a mucha gente, pero necesito resultados ya. ¡Dentro de diez días!

—Puede que únicamente sea americana por matrimonio, aunque del modo en que exige las cosas más bien parece que descienda de tejanos, pero si esas ideas son suyas permítame que la felicite.

—¡Qué más quisiera yo que hubieran sido mías!

—¿Pues de quién son?

—Eso nadie lo sabe.

—¡Curioso! Resulta chocante que alguien que pretende ayudar a una parte de la humanidad prefiera mantenerse en el anonimato. No es normal.

—Perdone que lo contradiga, pero lo normal es que tanto los que pretenden hacer algo bueno como los que pretenden hacer algo malo prefieran mantenerse en el anonimato. Únicamente a los mediocres les gusta destacar.

XIII

Negros nubarrones llegaban desde el noroeste, por lo que decidieron ponerse en marcha cuanto antes.

Cristina les despidió desde el porche aguardando una lluvia que no tardaría en llegar, y aguardando el final de su amiga, que también parecía inminente, aunque podía retrasarse más de lo previsto, debido a que no existía un parte meteorológico que determinara el momento exacto en que un alma decidía abandonar el cuerpo que había estado ocupando durante veinte años.

Mientras se alejaban pudieron verla absolutamente inmóvil, con la roja melena agitada por el viento, y comprendieron que constituía la viva imagen de la soledad.

Y es que, por muy habituada que se estuviera, esperar la muerte de un ser querido era un trance que nadie conseguía superar sin experimentar un inmenso vacío.

Mientras conducía atenta a dejar un amplio espacio entre ella y la espalda de su marido, Claudia llegó a una dolorosa conclusión; jamás había conocido a una mujer tan fuerte y a la vez tan frágil, tan cercana y a la vez tan distante, tan envidiable pero a la vez tan «compadecible».

Comenzó a llover con fuerza, por lo que se concentró en la difícil tarea de conducir llevando tras ella una vieja caravana que se balanceaba peligrosamente y delante, a un motorista que parecía inseguro y que continuó pareciéndolo hasta que se detuvo junto a un hombre que tomaba asiento sobre una pequeña roca, e inquirió:

—¿Qué hace aquí?

—Disfrutar de la lluvia.

—Pues va a tener disfrute para rato.

—Donde me crie nunca llueve y tanta agua se me antoja un regalo del cielo; quienes viven en países por los que corren ríos y crecen bosques tendrían la obligación de ser felices. ¿Qué más quieren?

—Nunca se me había ocurrido que la felicidad pudiera depender de la climatología, y por lo general los habitantes de los países húmedos suelen ser más melancólicos que los de los países soleados.

—Nadie que tenga que luchar a diario por el sustento de su familia tiene tiempo que perder en melancolías. Es una enfermedad de ricos.

—Justa apreciación. ¿Ya no teme que le declaren desertor?

—Tengo la sensación de haber desertado de todo. Probablemente tenía usted razón y estoy muerto.

—Puedo haberme equivocado.

—Espero que no, porque me siento a gusto y al menos sé que no tengo que volver a disparar contra quienes no quieren que los maten.

—Tampoco podrá impedir que otros lo hagan.

—A la larga eso nadie consigue evitarlo. La historia demuestra que han muerto más seres humanos a manos de otro ser humano que por culpa de las enfermedades. Estoy bien aquí, bajo la lluvia, y nadie me echará de menos.

—Supongo que su familia.

—Es posible, pero siempre preferirán saberme muerto a desertor. Nunca me gustó un mundo en el que se considera un deshonor no estar dispuesto a reventarle la cabeza a alguien en cuanto le agitan una bandera ante los ojos. Y ahora es mejor que siga su camino, porque además de dar de comer a los hambrientos tiene otras cosas muy importantes que hacer.

—¿Como cuáles?

—Lo averiguará cuando llegue a su destino.

—Es que no sé adónde voy.

—La piedra se lo dirá.

—¿Cómo sabe lo de la piedra? No recuerdo haberle hablado de ella.

—Ahora sé cosas que antes no sabía y eso debe de ser muy mala señal.

Se levantó y desapareció entre la espesura dejándole sin capacidad de reaccionar, hasta que Claudia gritó:

—¿Qué ocurre? ¿Con quién hablabas?

—Con nadie.

—Pues para no hablar con nadie lo has hecho durante mucho rato. ¿Te encuentras bien?

—¡Qué pregunta! ¿Quién podría encontrarse bien en esta situación? ¿Por qué no nos vamos a casa? Ya les hemos dicho lo que tienen que hacer para mitigar el hambre.

—No basta con decírselo: hay que obligarles a hacerlo.

—¿Obligarles...? No existe nada más difícil que obligar a la gente a hacer algo justo y razonable. Pide estupideces y las harán, pide salvajadas y algunos también las harán; pero si pides que sean sensatos te tomarán por loco.

Claudia había aproximado el vehículo hasta colocarlo a su altura alargando la mano con el fin de acariciarle la mejilla:

—Te veo muy agitado, cariño; deberías colgar la moto en la parte trasera y viajar en la caravana.

—Al primer bache las paredes de ese viejo trasto se

vendrían abajo. Continuaremos hasta la autopista y en cuanto encontremos un área de descanso nos detendremos, porque la verdad es que ya no estoy para estos trotes.

Reanudó la marcha en primer lugar, pero apenas había avanzado un par de kilómetros por la carretera general que conducía a la autopista, se detuvo una vez más con el fin de permitir que Claudia se colocara a su lado, y señaló:

—Tenemos que dar la vuelta: vamos en dirección equivocada.

—¿Y cómo lo sabes si no sabes adónde vamos?

Él se abrió el grueso mono con el fin de extraer de un bolsillo la pequeña piedra negra:

—Cada vez está más caliente.

—¡Vaya por Dios! Lloviendo a mares y con un pedrusco como guía. Pero yo me lo busqué, o sea que no tengo derecho a quejarme. ¿Qué hacemos?

—Salir de la carretera e ir tanteando en otras direcciones hasta que se mantenga fría. O mejor aún, tirarla al río y marcharnos a casa.

—Lo tuyo ya es querencia de mula hacia el pesebre.

—Era broma; veamos adónde nos lleva todo esto.

En la primera rotonda que encontró se dedicó a dar vueltas, yendo y viniendo hacia uno y otro lado, hasta que acabó por indicarle a su mujer, que le esperaba preparando unos espaguetis con anchoas:

—Dice que hacia el este.

—¿A Italia?

—Eso parece.

—¿Y qué tenemos que ver con los italianos?

—¡Tú sabrás!

Mientras almorzaban bajo el estruendo de la lluvia, y teniendo que colocar recipientes con los que recoger el agua que goteaba del techo de una caravana que parecía pedir a gritos su jubilación, Claudia le recordó:

—Hace tiempo que decidimos no tener secretos, por lo que no sé a qué viene afirmar que no hablabas con nadie. ¿Quién era?

—¿Y qué más da? Tan solo uno de los muchos que al final de su vida se preguntan por qué nacieron donde nacieron, vivieron como vivieron y tuvieron que hacer lo que hicieron. Se diría que el destino juega al Euromillones; la mayoría de las veces no acierta ni un número.

—¿Por qué te empeñas en banalizarlo todo?

—Porque si dramatizara aún más lo que está sucediendo se me derretirían los sesos. No sirvo para esto y lo sabes.

—¿Y acaso crees que yo sirvo? Estamos en mitad de la nada, intentando esquivar las goteras y sin saber lo que tenemos que hacer ni para qué, pero soy tu mujer y no pienso permitir que se te derritan los pocos sesos que tienes.

—Pocos deben de ser, en efecto, puesto que me casé contigo. Y ahora mira por esa ventana. ¿Qué ves?

—Campo y lluvia.

—Sin embargo allá a lo lejos camina una mujer que lleva de la mano a un niño que ya no aparece cubierto de leche en polvo, lo que quizá signifique que las cosas se pueden estar empezando a arreglar en alguna parte.

—No consigo verla, pero me basta con que me lo asegures, y ahora que surge el tema, me gustaría que me respondieras a una pregunta que me inquieta desde hace tiempo; supón que consigues salvar a ese niño y salvar de igual modo a millones de otros subsaharianos. ¿Qué va a pasar con ellos?

—¿Qué pretendes decir?

—Que cuanto más sobrevivan, más aumentará la presión demográfica en sus lugares de origen y más emigrarán hacia una Europa que se encuentra prácticamente colapsada.

—Ese no es mi problema, cariño. Es como decirle a un cirujano que el accidentado al que se ve obligado a cortar las piernas constituirá una carga para la sociedad. Supongo que su respuesta sería que si él hace bien su trabajo probablemente nunca lo sea, e incluso con suerte su paciente acabará convirtiéndose en una eminencia.

Apuró lo que le quedaba de vino, no con intención

de rellenar el vaso, sino de colocarlo bajo otra gotera que acababa de hacer su aparición:

—Puede que algún día comience a diluviar sobre el Sahel, o tal vez ese mismo día estos prados se transformen en desiertos. Es algo que ni yo, ni tú, ni nadie puede saber, y lo que debemos hacer no es jugar a ser adivinos, que ya hay demasiados fantoches empeñados en hacerlo, sino preservar el presente. Si ese niño se salva y acaba convirtiéndose en violador, terrorista o presidente corrupto de una autonomía, no será culpa mía, del mismo modo que no será mérito mío si le conceden el Nobel de Química. Lo importante es que viva.

Claudia mostró su extrañeza y un cierto desagrado:

—¿La vida ante todo? Eso es lo que suelen alegar los que niegan a las mujeres el derecho a abortar.

—¡Para el carro y no mezcles conceptos! Meses antes de plantearse el derecho a abortar, una mujer tiene que plantearse el derecho a tener un hijo que pueda sobrevivir con un mínimo de dignidad. Hace años se descubrió un inmenso acuífero en el desierto del sur de Libia, un auténtico océano de agua potable oculto desde hace millones de años. ¿Quién nos dice que el día de mañana no puede descubrirse otro igual en el Sahel? Allí gran parte de la tierra es fértil, y eso cambiaría las cosas, porque la historia de los pueblos, como las de las personas, no está escrita, y en cualquier momento puede dar un giro de noventa grados.

—Ponme un ejemplo.

—Los sauditas, que fueron míseros pastores de camellos durante tres mil años hasta que un buen día se descubrió que flotaban sobre un mar de petróleo, y ahora dominan económicamente el mundo. Y los congoleños poseen el ochenta por ciento de las reservas de coltán, un mineral sin el cual la tecnología retrocedería cincuenta años.

—Ahora va a resultar que eres tú el optimista.

—Nunca he sido un optimista; tan solo he sido un mero espectador al que no sé por qué le obligan a tomar parte, pero intenta hacerlo lo mejor que sabe, aunque a desgana. Y ya tenemos bastantes problemas como para enzarzarnos en discusiones que no conducen a nada, sobre todo en unos momentos en que me da en la nariz que nuestros problemas van a aumentar de forma considerable.

Claudia siguió la dirección de su mirada y no pudo por menos de asentir dándole la razón, puesto que un coche de la Policía se aproximaba bajo el aguacero y acababa por detenerse a unos metros de distancia.

—¡Joder...! ¡Los que faltaban!

El uniformado conductor les observó con gesto adusto mientras su compañero descendía y se aproximaba con la mano sobre la culata de su arma.

Se apresuraron a abrir la puerta de par en par saludando amablemente:

—¡Buenos días...!

—Buenos días... ¡Documentación!

Se la mostraron, les estudió con atención, cerciorándose de que las fotografías coincidían con sus carnés de identidad, y muy pronto reparó en la gran cantidad de agua que se filtraba por todas partes.

—¿Adónde van con esa vieja moto, esta vieja caravana y esta lluvia?

—La lluvia no es nuestra.

—Perdón... ¿Cómo ha dicho?

—Mi marido quiere decir que la lluvia ya estaba aquí cuando llegamos, y es la que nos está complicando el viaje.

—¿Adónde se dirigen?

—A Italia; a mi casa. ¿Por qué no pasa? Por esa puerta el agua entra a raudales. ¿Le apetecen unos espaguetis con anchoas?

—Estoy de servicio.

—No le estoy ofreciendo alcohol; solo espaguetis.

El buen hombre aspiró profundamente, dudó un instante y se volvió con el fin de hacer un ademán tranquilizador a su compañero, mientras penetraba cerrando a sus espaldas.

—La verdad es que huelen muy bien, y llevamos en pie desde el amanecer porque se rumorea que un tipo muy raro, armado y uniformado, se oculta por estos bosques.

—¿Uno alto y fuerte con insignias del Ejército israelí?

—El mismo. ¿Lo ha visto?

—No.

—¿Entonces cómo sabe qué aspecto tiene?

—Porque se ha convertido en una leyenda. Por lo que cuentan, se trata de un militar muerto en combate que, cada vez que se reanudan los enfrentamientos con los palestinos, abandona una tumba en la que al parecer le resulta imposible descansar.

El gendarme, que se disponía a devorar el plato que Claudia le entregaba intentando colocarse en un lugar libre de goteras, masculló seguro de sí mismo:

—Pues me temo que se va a pasar el resto de la eternidad al aire libre. Un holandés acaba de devolver a Israel el título honorífico que recibió tras salvar a un niño judío durante la ocupación nazi, en señal de protesta por los bombardeos sobre Gaza. Había sido declarado «Justo entre las Naciones» tras esconder en su casa al hijo de unos vecinos que habían enviado a un campo de concentración. Ha alegado que conservar ese título supondría un insulto a la memoria de su madre, que arriesgó su vida y la de sus hijos luchando contra la opresión.

—No lo sabía, pero lo entiendo; la opresión seguirá siendo opresión venga de donde venga.

El otro no respondió, concentrado como estaba en

dar buena cuenta de los espaguetis, y tan solo cuando ya no quedaba nada en el plato señaló:

—Esto estaba muy rico, señora, y ahora mi obligación sería impedirles continuar el viaje en esta carraca, pero haré la vista gorda si en el próximo pueblo, que está a unos veinte kilómetros, la cambian. Díganle al dueño del taller que les envía René, y que si se le ocurre aprovecharse de la situación le van a caer tantas multas que acabará cerrando el negocio. Es mi primo, pero le tengo ganas porque es un buitre.

—Se lo agradecemos.

—Mi consejo es que le larguen el coche y este trasto y se lleven una autocaravana de una sola pieza, porque con el tiempo que está haciendo viajarán mucho más seguros. Mi primo tiene algunas en buen estado, incluso con soporte para la moto. Pero no le den más de dos mil euros.

—¡Gracias de nuevo! ¿A su compañero le apetecería un bocadillo de jamón?

—¿Español o italiano...?

—Español; auténtico jabugo.

—¿Jabugo...? ¿Y si fueran dos...?

Mientras Claudia preparaba dos enormes bocadillos añadiéndoles aceite y tomate, el gendarme señaló la foto que colgaba en la pared.

—Muy guapo su nieto.

—No es nuestro nieto; es nuestro hijo.

—¿Cuántos tienen?

—Ese es el único... De momento.

El llamado René les observó con atención, como si estuviera calculando su edad, y al fin comentó:

—Pues yo ya llevo doce años buscando el primero. ¿Cómo lo han conseguido?

—Encerrándonos un mes en una caravana.

—Le pediré prestada una a mi primo.

Cuando el vehículo de la Policía se alejó lentamente, Claudia extrajo de un cajón la libreta en que anotaba los gastos, y tras hacer algunos cálculos comentó:

—Dos mil euros nos desbaratan el presupuesto. Ya decía yo que esto de salvar el mundo cuesta caro. Tendremos que pedir una hipoteca.

—Tal vez podamos desgravarlo de la declaración de Hacienda: «Por intentar reducir el hambre en el mundo, dos mil euros.»

—Si alegas eso nos multan con cien mil. ¡Menudos son!

—Y razón tendrían, porque a nadie se le ocurriría lanzarse a semejante empresa teniendo que escatimar hasta en la comida... ¡Adiós jabugo!

—Pasé veintitantos años sin probarlo y puedo estar otros tantos sin hacerlo.

—¡Porque eres italiana y no entiendes de jamones! ¡Así cualquiera...!

Abandonó el despacho deprimido y con la esperanza de no tener que volver en mucho tiempo.

Había sido una larga y tensa charla a solas con un hombre agobiado; charla entre dos veteranos de las trincheras políticas, quemados ya y casi carbonizados por los lanzallamas, tanto de declarados enemigos como de supuestos amigos.

—¿Qué me aconseja?

—Con todos los respetos, señor, era yo quien venía a pedirle consejo.

—Pero se supone que usted es el experto.

—Mal supuesto, porque el alcance de este asqueroso asunto supera mis atribuciones, y por lo tanto debe ser usted quien marque el rumbo.

—¿Cree que este informe se ajusta a la verdad?

—Me temo que en gran parte sí.

—¿Quién más lo conoce?

—Quien lo redactó. Ni siquiera Spencer lo ha visto, porque de momento prefiero mantener a la agencia al margen.

—En ese caso voy a darle el consejo que ha venido a buscar; no vuelva a hablarme de este asunto... ¡Nunca! ¿Ha quedado claro?

—Muy claro.

—¿Algo más?

—Le agradecería que en su declaración sobre la epidemia de Ébola y los esfuerzos que se realizan a la hora de intentar encontrar una vacuna, buscase la forma de mencionar que se están investigando nuevos tipos de alimentos destinados a disminuir el efecto de las hambrunas en África.

—No sabía que estuviéramos trabajando en ese campo; por lo visto a mí nadie me informa de las cosas positivas.

—Es que no estábamos trabajando, pero se trata de una exigencia del grupo Medusa y necesito que sepan que hemos empezado a hacerlo para que nos concedan un poco más de tiempo.

—¿Y es cierto? ¿Ha empezado?

Dan Parker asintió con una evidente sensación de orgullo:

—Lo he denominado «Proyecto Adelaida», y con su permiso pienso invertir bastantes medios en llevarlo adelante.

—¿Y quién es Adelaida?

—Una amiga.

—Pues confío en que emplee más medios en el proyecto que en la amiga, aunque admito que es usted el único que pide permiso para gastarse el dinero de los contribuyentes en algo práctico. Con esos ciberterroristas, o lo que quiera que sean, no se juega, o sea que tiene mi permiso para hacer lo que pretende hacer y gastar lo que le apetezca, pero que quede muy claro que este maldito informe jamás ha pasado por mi mesa.

Se trataba de una postura cómoda y en verdad egoísta, pero que resultaba necesario respetar, puesto que Dan Parker había aceptado convertirse en el «Fontanero Mayor» de la administración, y cuanto ocurriera en sus cloacas debía quedarse en sus cloacas.

Excepcionalmente, en este caso particular los excrementos eran ajenos, por lo que su obligación era devolvérselos a sus dueños. Sería un trabajo humillante y desagradable del que sin duda saldría hediendo, por lo que decidió hacerle frente sin ambages, asumiendo que tal vez sería el último que llevara a cabo antes de retirarse a criar caballos, aunque no fueran de pura raza.

Estaba harto.

Harto y asustado.

Tan harto y asustado que ni siquiera se había atrevido a mencionar que habían pirateado sus sistemas de comunicación.

Hubiera sido la gota que colmara el vaso de alguien a quien día a día estaban obligando a tragarse un purgante tras otro, por lo que se había limitado a suplicarle por enésima vez que le sustituyera, y por enésima vez más había recibido la misma respuesta:

—¡Olvídelo, Parker! No conozco a nadie mejor para ese puesto.

A punto estuvo de comentarle que únicamente un orangután amaestrado haría peor su trabajo, pero optó por guardar silencio como muestra de respeto hacia los orangutanes.

Quince minutos después, ya descalzo y tumbado en el sofá de su propio despacho, el mismo sofá en el que cuando había bebido en exceso solía echarse una reparadora cabezada, estudió con casi enfermizo detenimiento el informe altamente confidencial que le había enviado su agente en Suiza, y llegó a una triste conclusión: si algo de aquello era cierto, necesitaba imperiosamente la ayuda de Sidney Milius.

En su opinión, «El abominable hombre de las ondas», como le había bautizado el inefable Spencer, era la única persona capaz de desentrañar tan insidioso plan y desenmascarar a sus autores.

Y es que en el condenado informe se afirmaba que el origen de los últimos conflictos acaecidos en Gaza no debía buscarse en la sempiterna confrontación judío-cristiana-musulmana, sino en la sempiterna trilogía «construcción-destrucción-reconstrucción».

Alguien estaba ganando mucho dinero vendiendo armas con las que arrasar edificios, y alguien iba a ganar mucho dinero volviendo a levantar esos mismos edificios.

Que esos edificios hubieran estado ocupados por enfermos, ancianos o niños carecía de importancia; se enterraban y punto, porque la opinión pública mundial no iba a permitir que los infelices que no habían sido masacrados vivieran entre escombros. Muy pronto desde todos los rincones del planeta comenzarían a fluir ríos de dinero proveniente de gentes de buena voluntad, o de aquellos que habían optado por no intervenir cuando su obligación hubiera sido hacerlo.

Como pocos mandatarios, por no decir ninguno, deseaban ser tachados de antisemita, anticristiano o antimusulmán, habían optado por mantenerse discretamente al margen, sabiendo que acallarían sus frágiles conciencias a base de recomponer la devastada región con generosos donativos que lógicamente no provenían de sus bolsillos sino de los de sus conciudadanos.

Quienes participaban en aquel macabro juego sabían cómo mover las fichas, y últimamente les había dado excelentes resultados a base de respetar escrupulosamente una regla inviolable: quien salía beneficiado en la primera parte de la partida debía permitir que fueran otros los que se beneficiaran de la segunda.

En este caso una excesiva ambición resultaba contraproducente y se corría el riesgo de alertar a los incautos.

Los primeros elegían y destruían con matemática precisión sus principales objetivos: escuelas, hospitales, centrales eléctricas, depuradoras de agua y cuanto resultase imprescindible para el normal funcionamiento de una comunidad, y posteriormente los segundos se ocupaban de reemplazarlos adjudicándose concursos que habían sido amañados de antemano.

Aquella era una vieja fórmula que siempre había dado excelentes resultados, ya que era cosa sabida que para que un terreno produjera buenas cosechas convenía convertirlo, de tanto en tanto, en barbecho.

Que durante ese período de tiempo permaneciera improductivo y quienes vivían en él sufrieran las consecuencias no era óbice, puesto que al fin y al cabo tampoco eran quienes recogerían la cosecha.

—¡Spencer...!

En cuanto lo tuvo en pie frente al sofá lo miró de arriba abajo y le espetó sin más preámbulos:

—¿Le ha pegado un tiro en la nuca a alguien?

—¡Naturalmente que no, señor!

—Pues vaya practicando. Muchos se lo merecen.

—¿Quiénes?

—Aún no lo sé, pero en cuanto lo averigüe, entre usted y yo vamos a hacer una buena limpieza.

—¿Y no contamos con profesionales que sepan hacer mejor esas cosas? Lo digo porque yo no le acierto ni a un bidón.

—Es un tema que no puede salir de este despacho. Y no se preocupe; podrá disparar a bocajarro.

—¡Qué horror!

—Espero que no le parezca tan horrendo cuando lea este informe. Pero antes cuénteme cómo va el tema del hambre. ¿Ha averiguado algo sobre esos curiosos alimentos?

—Mi suegra recuerda haberlos consumido de niña, pero no tiene muy claro cómo se preparan, por lo que la he enviado a averiguarlo, y como ya está algo mal de la cabeza le he pedido a mi mujer que la acompañe. Espero que en un par de días sepamos cuanto necesitamos saber, porque es muy lista.

—Si fuera tan lista no se habría casado con usted, aunque al decir eso tiro piedras sobre mi propio tejado, puesto que lo elegí como segundo en el mando y en mi caso nunca existieron motivaciones de índole sexual que lo justificasen. ¿Qué puede decirme sobre el otro tema que le encargué?

—Que el Foro Económico Mundial es la fundación organizadora de la asamblea anual de Davos, donde se reúnen líderes empresariales, políticos y religiosos, así como intelectuales y periodistas, con objeto de analizar los problemas más apremiantes a que se enfrenta el mundo. Por lo general, se congregan unos tres mil participantes de casi cien países, incluidos jefes de Estado.

—¿Y quién financia todo eso?

—Las llamadas «Empresas Miembro» que han podido demostrar una facturación de más de cinco mil millones de dólares anuales, lo cual significa que juegan un papel esencial a la hora de forjar el futuro de sus regiones. Provienen de una gran variedad de sectores, especialmente construcción, tecnología, turismo, alimentos o servicios financieros, y se supone que conocen bien los problemas que afectan a su sector específico.

—Se «supone» que los conocen porque si en verdad los conocieran ya los habrían solucionado. ¿Qué más?

—La Fundación destaca las iniciativas destinadas al avance de los pueblos y el tratamiento de problemas sociales. Sus Equipos de Pensamiento Estratégico se centran en la elaboración de informes en los campos de competitividad, riesgos globales, planificación de situaciones o nuevas ideas. Hace años miles de manifestantes marcharon sobre Davos y durante los alborotos se destrozaron vehículos y vidrieras, por lo que a partir de entonces las medidas de seguridad han evitado que los opositores puedan acceder al complejo en el que se desarrolla el foro.

—¿Quiénes son esos «opositores»?

—Quienes consideran que la llamada «Asamblea Anual» no es más que una absurda combinación de parafernalia, mentiras, cortinas de humo y lugares comunes que deja a un lado los asuntos verdaderamente importantes para la sociedad, limitándose a tratar temas que tan solo interesan a las grandes empresas que la financian.

—Lógico, si para eso pagan.

Dan Parker se calzó los zapatos, se puso en pie y golpeó un punto en el mapa que estaba colocado justo sobre el sofá al añadir:

—Prepárelo todo; nos vamos a Davos.

—¿Y qué vamos a hacer allí?

—Aplastar cucarachas.

—No creo que haya muchas. Hace tres años estuve con el séquito del presidente y hacía un frío del carajo.

—¿Se hace el tonto a propósito, Spencer? Sabe muy bien que no se trata de ese tipo de cucarachas. Y hablando de ellas, ¿cómo es posible que Sidney Milius haya desaparecido sin dejar rastro?

—No tenemos ni la menor idea, señor.

—¡Pues vaya mierda de agencia!

XIV

Escuchó la insistente llamada de un claxon, se aso-mó a la ventana y advirtió que un elegante deportivo rojo se había detenido ante la puerta.

Llovía a cántaros y corría un viento gélido, por lo que el conductor, que ya se encontraba en pie junto al vehículo, comenzó a frotarse las manos y a golpear el suelo con los pies mientras saludaba evidentemente cohibido:

—¡Buenos días...! Por decir algo.

—¿En qué puedo ayudarle?

—¿Podría indicarme cómo volver a la autopista?

—Siguiendo por ese camino, pero está embarrado y con un coche tan bajo se atascará. Será mejor que in-tente bordear el lago hasta llegar al claro que empieza al otro lado de aquella colina, entonces gire a la iz-quierda y a unos doscientos metros verá un establo que...

Se interrumpió, permaneció unos segundos como en las nubes, pareció comprender que sus explicaciones resultaban enrevesadas, y al poco cambió de opinión:

—Se está empapando y agarrará una pulmonía. Pase y le prepararé algo caliente mientras se lo explico.

Le franqueó la puerta y el desconocido obedeció quitándose el abrigo, que colgó de una de las perchas del recibidor.

—No sabe cuánto se lo agradezco; he intentado pedir ayuda pero el móvil no funciona.

—Aquí no hay cobertura; bueno, en realidad hace tiempo que la región se quedó definitivamente «en sombras». Como en el Principado de Mónaco pero a lo pobre.

—¡Vaya! También es mala suerte. ¿Y cómo se comunican?

—Como lo habíamos hecho siempre; con los teléfonos fijos que todavía existen. Venga a la cocina y le calentaré un poco de caldo; es de esta misma mañana.

Precedió a su invitado, le indicó que tomara asiento y comenzó a revolver en los estantes, para acabar colocando un cazo al fuego, mientras inquiría dándole aún la espalda:

—¿Y cómo es que se le ha ocurrido visitar un lugar tan remoto?

—La guía *Michelin* afirma que el lago es muy bonito aunque me temo que no escogí el momento adecuado.

—¡Cierto! Hacía tiempo que no llovía tanto; los patos están que trinan.

—Que yo sepa los patos no trinan.

—Los míos sí; llevan tres días en que no les dejo salir de casa, porque cuando vuelven lo dejan todo enfangado.

—¿Vive sola?

—A veces.

—¿Y no tiene miedo?

Cristina Cendra le colocó delante un gran tazón humeante:

—¿Por qué iba a tenerlo? Aquí nunca pasa nada. Tómeselo y verá cómo reacciona; es de perdiz y liebre con hierbas silvestres; una receta de la antigua dueña, porque antes esto era un restaurante.

—Un lugar ciertamente encantador.

—Cuando hace buen tiempo... ¿Un poco más?

—¡No, gracias! Está muy bueno pero creo que es suficiente.

Bebió despacio, dejó el tazón sobre la mesa y casi de inmediato se quedó muy quieto, con la boca entreabierta, las manos temblorosas y las pupilas dilatadas, por lo que apenas acertó a balbucear:

—¿Qué ocurre? ¿Qué demonios me ha dado?

Ella extrajo de un bolsillo un pequeño frasco que dejó sobre la mesa:

—Un sedante; el mejor que existe, y se lo dice alguien que lo sabe todo sobre sedantes. No tiene olor, ni sabor, y actúa con rapidez. Se les suele proporcionar a los enfermos que sufren mucho, y yo fui una enferma que sufrió demasiado.

La nueva pregunta de quien por más que lo intentaba apenas podía moverse fue casi un sollozo:

—¿Pero por qué lo ha hecho...?

—Porque alguien que sale en los medios de comunicación jurando que exterminará a quienes han causado tanto bien a tantísima gente debería andar con más cuidado. Y tenerlo de igual modo al asegurar que ha venido por recomendación de la guía *Michelin*, cuando es cosa sabida que la guía *Michelin* jamás ha mencionado el lago, puesto que este restaurante nunca fue merecedor de sus estrellas.

—Me habré equivocado de guía.

—Se ha equivocado, pero no de guía, sino de lugar. ¿Qué esperaba? ¿Encontrar alguna pista de Medusa porque es una de las regiones que dejó en sombras?

—¿Qué sabe sobre Medusa?

—Seguro que más que usted.

—¿Y qué piensa hacer conmigo?

—Aún no estoy segura, pero me sobra tiempo porque está a punto de perder el conocimiento y supongo que, para cuando lo recupere, ya lo habré decidido.

Evidentemente, quien le había drogado sabía mucho sobre sedantes, puesto que un par de minutos más tarde Sidney Milius cerró los ojos, inclinó la cabeza como si le hubieran quebrado el cuello de un hachazo, dejó caer los brazos y se quedó profundamente dormido.

Al volver en sí continuaba sentado en el mismo lugar y con la misma mujer en el otro extremo de la misma mesa, pero advirtió que ahora se encontraba encadenado a la silla.

Lo único que se escuchaba era el repiquetear de la lluvia contra los cristales del ventanal, y aunque era una lluvia monótona e irritante, no parecía molestar a la pelirroja de inmensos ojos azul turquesa que le observaba fijamente.

Era sin duda la criatura de apariencia menos amenazadora que hubiera conocido, pero por esa misma razón su miedo se intensificó. Llevaba suficientes años tratando con políticos, banqueros, mafiosos y asesinos —gente realmente dura pero a la que siempre había sabido manejar— como para admitir que en aquellos momentos se encontraba en desventaja, puesto que no acertaba a predecir cómo reaccionaría una muchacha que parecía incapaz de causar daño a una mosca.

Se consideraba, y con razón, uno de los hombres más inteligentes que existían, pero empezaba a temer que de nada le serviría su inteligencia si se veía obligado a enfrentarse a una muchacha que parecía actuar movida por los sentimientos y no por los razonamientos.

Siempre había demostrado ser un gran experto en razonamientos, pero un absoluto ignorante en cuanto se refería a sentimientos, y sabía por dolorosas experiencias que demasiado a menudo razonamiento y sentimiento constituían fuerzas irreconciliables.

La mejor prueba la constituían los seis mil millones de habitantes del planeta, puesto que si los razonamientos hubieran imperado sobre los sentimientos probablemente no habrían nacido ni la décima parte.

Los únicos que habían dado muestras de inteligencia eran los miembros de algunas tribus amazónicas que controlaban su número con el fin de mantener un perfecto equilibrio entre sus recursos y sus necesidades, pero era cosa sabida que se trataba de individuos muy primitivos que aún no habían aprendido que el ser humano tan solo se convirtió en verdaderamente humano el día que empezó a necesitar más de lo que necesitaba.

Cuando al cabo de unos minutos comprendió que la mente se le había despejado lo suficiente como para poder expresarse sin titubeos, inquirió:

—¿Ya ha tomado esa decisión?

—La he tomado, y me temo que debo hacerle desaparecer.

—¿Ha matado antes a alguien?

—Nunca, pero en compensación he visto morir a mucha gente. Ayer mismo una amiga que tenía previsto casarse en primavera me rogó que extendiera sobre la cama su traje de novia y se fue apagando mientras repetía una y otra vez que lo primero que haría sería preguntarle al Señor por qué no le había permitido usarlo.

—¿Y qué culpa tengo yo?

—Supongo que ninguna.

—¿Y en ese caso por qué va a matarme?

—Por peligroso y engreído; al cometer la imprudencia de presentarse en mi casa con intención de hacer daño a quien se lo debo todo, se estaba jugando la vida y la ha perdido.

—Pero en realidad yo no estoy buscando una persona, porque me consta que ninguna puede descontrolar de ese modo las ondas; estoy buscando la máquina con la que se consigue generar un fenómeno que escapa a cualquier razonamiento.

—Un razonamiento muy bien razonado, desde luego, pero inútil cuando se le enfrenta a un hecho comprobado: no se trata de una máquina; se trata de un hombre que no solo «descontrola las ondas», sino que también alivia el dolor de los enfermos, transmite fuerza a los débiles, atrae a los animales y se relaciona con los muertos.

—¡Menuda estupidez...! Ese tipo de personas no existen.

—Para bien o para mal existe todo tipo de gente. Usted se hizo rico saqueando el trabajo ajeno y llevando a miles de infelices a la miseria, la desesperación e incluso el suicidio, pero casi enloqueció cuando le hicieron perder parte de lo que había robado. ¿Qué necesidad tenía de meterse en un asunto que evidentemente le supera?

Era una pregunta difícil, propia de quien nunca entendería que la avaricia y el ansia de poder son sentimientos que no precisan justificación, y él tan solo solía tratar con quienes así lo entendían.

Ella aguardó un largo rato la respuesta, pero cuando advirtió que su oponente no encontraba argumentos, colocó sobre la mesa un pequeño ordenador que había mantenido a su lado al tiempo que señalaba:

—Supongo que se trata de una cuestión de amor propio y usted es de esas personas que tienen tanto amor propio que ya no les queda nada para amar a los demás. Esto estaba en su coche... ¿Qué va a pasar ahora con sus millones? ¿De qué le servirán cuando descanse en el fondo del lago?

—¿Eso es lo que piensa hacer? ¿Arrojarme al lago?

—Cuando llueve con tanta intensidad este es un lugar sumamente peligroso para quienes viajan en vehículos inadecuados, porque si patinan en el fango, se deslizan por la colina, se precipitan al agua y desaparecen.

—Tiene una mente retorcida.

—¡Oh, no! Simplemente vivo aquí, y como imagino que no le ha contado a nadie sus intenciones, nunca le buscarán en el fondo de un lago francés, creyéndole en alguna isla del Pacífico. Pero no ha respondido a mi pregunta: ¿qué siente al saber que su maldito dinero se lo van a quedar los bancos?

—Si llegáramos a un acuerdo sería suyo.

—Me basta con lo que tengo.

—Pero es que estamos hablando de una suma enorme.

—Lo supongo, y de igual modo supongo que ese debe de ser el gran dilema de los ricos. ¿De qué les sirve amasar una fortuna si no consiguen impedir que alguien les envíe al fondo de un lago?

—Necesito ir al baño.

—Puede orinarse encima; no me importa porque los enfermos suelen sufrir incontinencia. A mí me ocurría hasta que llegó alguien que me aferró la mano y me salvó. ¿Qué clase de persona sería si no fuera capaz de sacrificar mi vida, e incluso mi conciencia, en pago a lo que hizo?

—Desvaría y continúo negándome a aceptar que exista un hombre como el que describe; es antinatural.

—Alguien como usted sí que es antinatural. Recuerdo una frase de su época gloriosa que me impactó por su cinismo: «Lo primero es lo primero, y lo primero es mi dinero; lo segundo es lo segundo, y lo segundo es el resto del mundo.»

—¡Son cosas que se dicen sin pensar! Bromas sin importancia.

—Cuando «el resto del mundo» padece tanto, ese tipo de bromas tiene mucha importancia, o sea que mi decisión es firme: prefiero pasar el resto de mis noches arrepintiéndome por haberle matado, a pasar el resto de mis días arrepintiéndome por no haberlo hecho.

Sidney Milius supo, con casi absoluta certeza, que su fin estaba próximo, por lo que replicó en el tono más convincente que se sintió capaz de utilizar:

—Peor sería que pasara el resto de su vida arrepintiéndose de haber dejado la fortuna que oculta ese ordenador, en manos de quienes suelen ser los causantes de gran parte de los males que sufre el mundo. Ya que no puedo comprar mi vida, permítame al menos comprarle el tiempo de vida que necesito para sacar ese dinero de los bancos.

—¿Y qué hará con él?

—¿Y yo qué sé? Devolvérselo a sus dueños, donarlo a obras benéficas o quemarlo. Cualquier cosa menos dejarlo en cuentas numeradas, porque para esos miserables la muerte de un buen cliente suele ser motivo de alegría, ya que sus restos se convierten en la carroña que mejor les alimenta. En ocasiones, si lo que tiene en su cuenta vale la pena, son ellos mismos los que se encargan de eliminar al incauto que les ha confiado sus ahorros.

—Creo que exagera intentando confundirme.

—¿Exagero? Tengo casi dos mil millones ocultos en bancos suizos, panameños o andorranos, y me consta que los dueños de esos bancos llorarán en mi funeral pero bailarán sobre mi tumba, porque su trabajo consiste en conseguir que otros roben, desfalquen, corrompan, asesinen e incluso cometan genocidio, a condición de confiarles el fruto de sus esfuerzos. Cuando acudo a sus despachos y me tratan con tanta discreción, respeto, ceremonia y pulcritud, tengo la sensación de encontrarme en una funeraria y que al propietario se le hace la boca agua, mientras me examina como futuro cadáver, rico en proteínas. ¿Cree que me agrada haber demostrado ser tan inteligente para acabar cayendo en la misma trampa en que suelen caer los políticos más obtusos?

—Su problema no estriba en que haya resultado obtuso; estriba en que no esperaba morir tan pronto.

—Le pagaré un millón de euros por cada minuto que me permita sobrevivir, con el fin de sacar mi dinero de los bancos.

Cristina hizo un cálculo ayudándose con los dedos, para acabar negando:

—Con la cantidad que dice tener tendría que permitirle vivir casi dos días. Demasiado, porque ese viejo teléfono aún funciona y para transferir sus cuentas bastaría con unas simples llamadas; le doy diez minutos.

El Zar de los *hackers* mostró a las claras su desencanto:

—¿Diez minutos...? ¿Cómo puede ser tan insensible?

—Con mucha práctica. He necesitado años para aprender a soportar el sufrimiento, propio y ajeno, y he visto retorcerse de dolor a tantos inocentes, que las lamentaciones de un saqueador, al que lo único que le preocupa es el destino final de sus rapiñas, no me afecta.

Aquella era la nueva cima del mundo.

No la montaña más alta, ya que el Everest la superaba en siete mil metros, pero sí la cumbre más ansiada, puesto que el mero hecho de encontrarse allí significaba haber alcanzado el cielo con las manos y formar parte de la élite de las élites, en un planeta que siempre se había mostrado excesivamente elitista.

Hoteles, restaurantes, discotecas, automóviles, vestidos, abrigos y joyas, todo era —y tenía que ser— de calidad excepcional, puesto que se daba por sentado que los hombres y mujeres que visitaban la ciudad durante aquellos míticos días, eran —y tenían que ser— de calidad excepcional.

Los más ricos, poderosos, inteligentes, aduladores o desalmados; la calificación carecía de importancia siempre que se figurara entre «los más».

A finales de enero, y como si se tratara de la simbólica apertura del año político-económico, al idílico valle rodeado de cumbres nevadas acudían cientos de «abejas reinas», destinadas a diseñar el futuro de la inmensa colmena global en que habían convertido la Tierra.

Las rodeaba un enjambre de sumisos y serviciales zánganos, y aunque de tanto en tanto algunas bienintencionadas abejas obreras se mostraban en desacuerdo con sus incomprensibles decisiones, hacía ya casi una década que las rebeldes habían pasado a convertirse en minoría y nadie prestaba atención a sus dislates, puesto que tal como asegurara el *Manual de las derrotas:*

El mariscal victorioso desprecia al general prudente, al que suele considerar pájaro de mal agüero. Y ese constituye su mayor defecto puesto que donde no anida la prudencia acaba por anidar el caos.

En Davos, centenares de «mariscales victoriosos», en su mayoría altos ejecutivos de las «Empresas Miembro», que financiaban el evento, se afanaban en construir una nueva sociedad como si se tratara de una casa prefabricada, sin tener en cuenta que cada cual aportaba las paredes, vigas, puertas o ventanas que más le convenían, por lo que jamás se conseguía que encajaran las unas con las otras.

Lo que naciera ochenta años atrás al calor de una acogedora chimenea como afable lugar de encuentro en el que debatir con sencillez, generosidad y sentido común la mejor forma de encarar los males que afectaban al género humano, se había convertido con el paso del tiempo en el bullicioso punto de reunión del egoísmo, la insensatez y la egolatría, casi de la misma forma en que una dulce muchachita desinteresada y virginal acababa por transformarse en una vieja arpía avariciosa.

Y es que no cabía exigir a las instituciones más de lo que se exigía a los seres humanos, dado que cada ser humano es único y con suerte algunos resultan incorruptibles, mientras que las instituciones están conformadas por docenas de seres humanos, lo cual propicia que el cálculo de probabilidades de honradez se diluya hasta casi desaparecer.

Durante tan señalado evento y gracias a una excepcional concentración de personalidades de altísimo poder adquisitivo, Davos batía todos los récords de consumo de caviar, mientras espectaculares «señoritas de compañía» hacían su agosto en pleno invierno.

A tal punto llegaba el trajín de idas y venidas por salones y pasillos, dando lugar a equívocos, escándalos y quejas, que algunos hoteles habían adquirido la sana costumbre de contratar a profesionales que ejercieran como discretas «masajistas», dispuestas a aliviar el exceso de tensión de sus ilustres huéspedes a cualquier hora del día o de la noche.

Cuatro o cinco de tales hoteles incluso contaban con serviciales muchachos igualmente discretos, puesto que durante los últimos años la ciudad se había convertido en una especie de embriagador cóctel de bebidas espirituosas, con ligeros toques de Sodoma, Gomorra y Babel, y en el que predominaba un fuerte hedor a dinero podrido proveniente de cercanos paraísos fiscales.

Únicamente las consideradas «drogas duras» estaban «fuera de carta», por lo que quien pretendiera esnifar o «chutarse» debía buscarse la vida por su cuenta, así fuera presidente de una multinacional o primer ministro de una gran potencia.

El espionaje, tanto de signo político como industrial, no estaba sin embargo mal visto, puesto que era cosa sabida que al menos la quinta parte de cuantos acudían al evento lo hacían con la intención de conocer las secretas intenciones de sus oponentes, fueran estos de la clase que fueran.

En el siglo veintiuno la patente de un nuevo modelo de juego de guerra digital resultaba mucho más rentable que la de un auténtico ingenio nuclear, pero se hacía necesario permanecer siempre alerta, puesto que como rezaba un sabio dicho local, «Cuando el dinero corre mucho pierde el culo», y aquí corre demasiado.

Contaban las malas lenguas, y en este caso puede que fueran malas pero al parecer fidedignas, que tres años antes el presidente de un «Fondo de Inversiones» apenas había tardado veinte minutos en conseguir que un dictador tercermundista ordenara desahuciar a miles de campesinos, con el fin de dedicar sus tierras a producir biocombustibles que contribuyeran a disminuir la contaminación de las capitales occidentales.

La cuestión era muy simple; si las autoridades locales obligaban a reducir el tráfico con el fin de conseguir un aire más puro, se reducía en idéntica proporción la venta de combustibles fósiles, y eso constituía a todas luces un pésimo negocio, puesto que aquel mismo «Fondo de Inversiones» obtenía grandes beneficios con su extensa red de estaciones de servicio.

Debían ser los campesinos tercermundistas los que hicieran un postrer esfuerzo, emigrando a los suburbios de atestadas ciudades, propiciando que quienes vivían a miles de kilómetros de distancia respiraran mejor.

Acuerdos semejantes se cerraban a diario en un mercadillo de altos vuelos en el que lo que mayor frecuencia se compraba y vendía solían ser conciencias y voluntades, porque a menudo quien había llegado un martes como ministro de economía de un país azotado por la crisis, el viernes, se marchaba como vicepresidente ejecutivo de una multinacional eléctrica, y quien había llegado como simple adjunto a la dirección de una compañía telefónica se marchaba con un nombramiento de subsecretario de justicia en el bolsillo.

Se intercambiaban cargos como si fueran cromos, y se jugaba a un Monopoly tan real, que cada vez que un participante lanzaba los dados ponía en peligro el futuro de miles de seres humanos.

Estaban allí y podían hacerlo, puesto que el simple hecho de estar allí les permitía hacerlo.

Al fin y al cabo, si habían contribuido al fenómeno de la globalización político-económica, había sido para que algún día existieran lugares como Davos, en los que reunirse a discutir la mejor forma de hacer frente a los innumerables problemas que traería aparejada dicha globalización.

Y aprovechar la ocasión para cerrar provechosos acuerdos a nivel igualmente global.

Sentado en la terraza de un bar, desde la que dominaba el valle de punta a punta, Dan Parker disfrutaba del paisaje mientras permitía que el sol mañanero le bronceara unos brazos que llevaban demasiado tiempo entre las cuatro paredes de un despacho.

De tanto en tanto alzaba unos pequeños prismáticos fingiendo admirar a elegantes damiselas que entraban o salían de las *boutiques* de lujo, así como a esbeltas esquiadoras que descendían zigzagueando por las bien cuidadas pistas, aunque en realidad su atención permanecía atenta a cuanto sucedía en la terraza de un palacete semioculto entre los pinos.

Su propietaria, notable soprano retirada tras la repentina muerte de su esposo, un famoso pianista austríaco de apellido impronunciable, solía ofrecer conciertos benéficos a los que tan solo invitaba a selectos melómanos, capaces de valorar la excepcional acústica de la hermosa sala en torno a la cual se había levantado el resto de la vivienda.

«La Casa del Silencio», que así la denominaban quienes la frecuentaban, era el único lugar de Suiza en el que las paredes no oían ni hablaban, limitándose a acoger y resaltar cada nota musical para disfrute de quienes se encontraban en su interior.

A Dan Parker, que jamás había puesto los pies en un teatro de ópera, tan especial capricho acústico únicamente le hubiera parecido una inofensiva muestra de esnobismo, a no ser por un pequeño detalle: durante los días en que se celebraba el foro, la frecuentaban en exceso empresarios cuyo amor por la música tan solo podía ser comparado con el amor que fueran capaces de experimentar por las lombrices siberianas, y de entre todos ellos destacaba, por su asiduidad, aquel a quien Mark Morrison Caine había mencionado como el único cliente de su padre del que conocía el nombre: Maurice Lagarde.

Nadie conseguía explicarse cómo tan oscuro y abyecto personaje conseguía que su incalculable fortuna se multiplicara año tras año, pero todo parecía indicar que tenía mucho que ver con su fidelidad a aquellos foros, así como a sus constantes visitas al palacete.

En aquellos momentos se encontraba en su interior en compañía de algunos de los «fundadores de la economía global», por lo que Dan Parker no podía por menos de lamentar la injustificada desaparición de Sidney Milius, ya que a su modo de ver era la única persona que podría echarle una mano a la hora de averiguar qué demonios estarían tramando aquellos de los que cabía esperar lo peor.

Dejó escapar un bufido que mostraba a las claras su impotencia, apartó los prismáticos, y casi de inmediato, se volvió a observar al hombre que tomaba asiento en la mesa contigua y que ofrecía, ciertamente, un aspecto asaz pintoresco.

Vestía un holgado mono de esquiador color verde manzana, capucha incluida, exhibía unas enormes gafas de espejo y se protegía con una espesa capa de crema blanca, lo que le hacía parecer un moderno Papa Noel que no hubiera conseguido madurar. Sin duda a mil seiscientos metros de altitud aquel implacable sol, sin una sola nube en el horizonte, abrasaba en poco tiempo una piel sensible, pero tal derroche de precauciones rozaba lo patológico.

—¡Buenos días!

—¡Buenos días!

—Bonito paisaje... Aunque quedaría mejor sin tanto hotel y tanta gente.

—En ese caso no estaríamos aquí.

—Eso saldríamos ganando.

—Si no le gusta, ¿por qué ha venido?

El desconocido de tan ridícula apariencia abrió la mano y le mostró una pequeña roca.

—No lo sé, pero me ha pedido que venga y he venido.

—¿Una piedra?

—Es que no es una piedra cualquiera; recuerde que Jesucristo dijo: «Tú eres Pedro, y sobre esa piedra levantaré mi Iglesia.»

—¿Está borracho...?

—No.

—¿Drogado...?

—Tampoco.

—¿Se ha escapado de algún siquiátrico?

—No, que yo recuerde, aunque a menudo pienso que deberían internarme...

—¡Ya me parecía a mí...!

—Perdone la indiscreción de la pregunta, pero ¿por casualidad se llama usted Dan Parker?

—Sí. Y por casualidad, porque mi madre, que tenía un abuelo mexicano, pretendía llamarme Moctezuma.

—No me imagino a un Moctezuma Parker en su puesto, pero empiezo a entender por qué estoy aquí; por lo visto la piedra opina que debemos conocernos mejor porque tenemos muchas cosas en común.

Su oponente pareció perder la paciencia y extrajo del bolsillo un teléfono mientras advertía:

—Creo que será mejor que avise a la Policía... O a los loqueros.

—Los dos sabemos que no es buena idea mezclar a la Policía suiza en esto. A mí me bastaría con admitir que he bebido más de la cuenta, pero usted tendría que explicar por qué razón vigila con tanto interés esa casa.

—No la vigilo.

—Sí la vigila, y aquel tipo del anorak azul que está junto al funicular también, pero a mí lo único que me interesa es que me diga cómo progresa el tema del hambre en el Sahel.

—¿Qué sabe de eso?

—Fui yo quien le envió la carta.

Dan Parker contempló desconcertado las nevadas montañas, por las que se deslizaban docenas de entusiasmados esquiadores, puesto que lo último que hubiera imaginado en esta vida era que un personaje tan estrafalario pudiera formar parte del grupo Medusa.

—Tiene suerte porque no estoy armado.

—No es suerte; es prudencia. Si lo hubiera estado la piedra me lo habría advertido; es muy buena en su oficio.

La respuesta superaba cualquier expectativa, por lo que decidió permanecer en silencio en un vano esfuerzo por ordenar el desorden que se había apoderado de su cabeza. Evidentemente no lo consiguió, por lo que el recién llegado que se expresaba de un modo tan incongruente añadió:

—Si le sirve de consuelo le aclararé que tampoco yo entiendo lo que está ocurriendo, aunque deduzco que debe de ser para que lleguemos a algún tipo de acuerdo, visto que por separado no estamos consiguiendo resultados.

—Mi Gobierno no negocia con terroristas.

—Pero ni usted representa en estos momentos a su Gobierno, ni yo me considero un terrorista; tan solo somos dos personas, más o menos sensatas, que pretenden frenar a tanto insensato. ¡Observé a esa elegante gentuza! Si el sábado se van de aquí tal como llegaron continuarán considerándose intocables y cometiendo barbaridades que nos llevarán a más desesperación y más miseria. Pero insisto: ¿cómo va el tema del hambre?

—Estamos en ello.

—No me basta.

—¿Y qué quiere que le diga?

—La verdad. ¿Qué medidas han tomado?

—Dentro de cuatro días un avión aterrizará en un campo de refugiados de Mauritania y entonces veremos lo que ocurre con ese «fantástico alimento». Preferimos no echar las campanas al vuelo por si algo falla.

—El gofio no tiene nada de fantástico ya que mucha gente lo consume. ¿Y qué cree que podría fallar?

—¿Y a mí me lo pregunta? Hace siete años que dirijo una agencia de presupuesto ilimitado que debería funcionar como un reloj, pero cuando menos lo espero surge un imponderable que lo manda todo al traste. Y ustedes, los creadores de Medusa, son la mejor prueba. ¿Quién coño inventó esa maldita máquina que desquicia las ondas?

—Si se lo contase no me creería.

—De usted me lo creo todo, y admito que me gustaría que ese gofio, o como quiera que lo llamen, sirviera para algo, porque el mundo necesita esperanzas y Davos es el último lugar en el que podrían encontrarlas... Por cierto, se le está derritiendo la crema de la cara.

El hombre del inefable traje verde volvió a embadurnarse con lo poco que quedaba en un tubo que extrajo del bolsillo, al tiempo que señalaba un punto en la distancia:

—¿Puede ver algo en el recodo del camino...? ¿Justo bajo los árboles?

Ante la negativa, añadió:

—Pues yo veo a una mujer y a un niño semidesnudos que juegan en la nieve, y eso significa esperanza.

—Lamento contradecirle, pero mientras tipos como Maurice Lagarde y Oscar Harmon puedan reunirse con otros de idéntica calaña en un lugar en el que nadie pueda oír lo que dicen, al mundo le quedan muy pocas esperanzas.

—¿Los conoce?

—Solo a esos dos, pero son tan canallas que no quiero ni imaginar lo que estarán tramando.

—Deténgalos.

—Con esos dos no me basta; en estos momentos debe de haber por lo menos seis, y aunque me gustaría triturarlos no es posible. Los suizos les protegen, les permiten entrar por el garaje en coches blindados con cristales tintados, y han montado un sistema de inhibidores de frecuencia tan sofisticado que no podemos grabar nada de cuanto se dice ahí dentro.

—¿Y por qué les protegen los suizos?

—Porque probablemente tienen mucho dinero en sus bancos y me jugaría la cabeza a que hay algún suizo entre ellos.

—Pues si el impedimento se limita a los inhibidores de frecuencia, y me jura que está haciendo todo lo posible con el tema del hambre yo podría ayudarle.

—Le juro que estamos haciendo todo lo posible, y que le hemos dedicado un presupuesto ilimitado.

—¡Bien! La piedra asegura que dice la verdad, o sea que voy a ayudarle.

—¡Jodida piedra...! No sé ni por qué pierdo mi tiempo en escucharle.

—Porque voy sacarle las castañas del fuego inhibiendo esos inhibidores a base de «apagar» Davos del mismo modo que «apagué» el Principado de Mónaco.

—¡Santo cielo! Enmudecer a la capital mundial de la hipocresía constituiría un hito en la historia. Tardarían años en encontrar otro lugar en el que conspirar con tantas comodidades y sería como matar dos pájaros de un tiro.

—¿Cuándo quiere que lo haga?

—¿Le parece bien mañana a las seis, que ya es de noche?

—¡De acuerdo! Si me promete no matar a nadie, mañana a las seis tendrá el terreno libre.

—Admito que estoy tan indignado que mi primera idea era matarlos, pero lo cierto es que nunca he oído a un muerto contar algo interesante, y esta gente tiene muchas cosas que contar. Creo que lo mejor será hacerlos desaparecer. Si nos dicen lo que queremos saber, tal vez vuelvan a sus casas dentro de unos años; en caso contrario se quedarán en el limbo eternamente.

—Son gente muy poderosa que no puede desaparecer así como así.

Su interlocutor se limitó a encogerse de hombros como si dijera algo de lo más natural:

—Hace unos meses desapareció un avión con casi trescientas personas a bordo y ya casi nadie habla de ello, dentro de medio año nadie hablará de la desaparición de unos cuantos especuladores sin escrúpulos, por mucho dinero que tengan.

—Pero mantenerlos demasiado tiempo retenidos sería ilegal.

—Yo rara vez me veo obligado a hacer nada que sea ilegal; no encaja con mi oficio. Y tenga presente algo importante: cuando un criminal sabe que su cómplice ha muerto respira tranquilo, pero cuando ignora dónde se encuentra y teme que cuente cosas que le incriminen, acaba por ponerse histérico, comete errores y se delata. A veces, y con el único fin de atrapar a sus compinches, mantenemos supuestamente activos a tipos a los que habíamos enterrado. Asustar con un muerto es una táctica que suele dar muy buenos resultados.

—Se me antoja una soberana putada pero no soy quien para criticar su forma de trabajar.

Se puso en pie palmeándole el hombro como si se tratara de un amigo al que esperaba ver pronto, pero antes de alejarse señaló:

—Y ahora le agradecería que no se moviera durante unos minutos. ¡Suerte!

—¡Suerte!

Dan Parker permaneció en el mismo sitio, pese a lo cual se encaró los prismáticos y trató de distinguir a la mujer y al niño que jugaban en la nieve, por lo que masculló malhumorado:

—¡Ahí no hay nadie! Ese tipo no solo está loco; vuelve loco a cualquiera.

Intentó reflexionar sobre cuanto acababa de ocurrir, pero terminó por desechar la idea, sabiendo que lo único que conseguiría sería confundirse, ya que ni siquiera estaba seguro de si en verdad había ocurrido o se había traspuesto al sol y lo había soñado.

El desquiciado —y desquiciable— personaje ya no estaba pero el olor de su crema aún flotaba en el ambiente, por lo que al poco, marcó un número y ordenó secamente:

—Reúna a los hombres, Spencer. Tenemos trabajo.

—¿Tendré que disparar?

—Todo es posible.

—¡Dios bendito!

—Han pasado cinco minutos y aún no ha hecho una sola llamada.

—Estoy pensando.

—Pues como siga pensando con tanta calma, sospecho que algunos banqueros bailarán sobre su tumba, aunque nunca consigan saber dónde se encuentra. ¡Bueno...! Si lo averiguan acudirán a merendar al lago.

—¡No me distraiga! Intento salvarme.

—Ya le he dicho que su dinero no va a servirle.

—Lo sé, y por eso estoy intentando averiguar si tiene un punto débil.

—Dudo que lo encuentre.

—Todo el mundo tiene puntos débiles; incluso las máquinas.

—En un tiempo los tuve, pero ya no.

—Si los tuvo sigue teniéndolos; quizá de otra forma, pero los tiene.

—¿Es que además de pirata informático es sicólogo?

—No, pero mi especialidad como pirata informático es encontrar puntos débiles, y empiezo a sospechar cuál puede ser el suyo.

Cristina se limitó a mover la cabeza negativamente, dedicándole una leve sonrisa de desprecio.

—¿Ah, sí? ¿Y cuál es?

—El dolor.

—¿El dolor...?

—¡Exactamente! Con frecuencia se refiere al sufrimiento, tanto propio como ajeno, así como al alivio que alguien consiguió proporcionarle, o al alivio que usted proporciona a otros, utilizando un sedante sobre el cual cree saberlo todo.

—¿Este? Sí. Lo sé todo sobre él.

—¿Todo...?

—Todo.

—En ese caso, dígame cuánto cuesta ese frasco.

—Ciento cuarenta euros.

Sidney Milius tardó en hablar porque era del tipo de hombres que manejaban bien los tempos a la hora de atraer la atención de sus oponentes, y cuando al fin se decidió a hacerlo fue con el fin de alargar en exceso la frase:

—¡Ciento cuarenta euros...! ¡Qué barbaridad! ¡Y pensar que fabricarlo tan solo cuesta cinco!

—¿Cinco euros...?

—Más dos del envase y etiquetado... El resto es ganancia; una desorbitada avaricia que impide que millones de personas que sufren increíblemente, pero carecen de medios económicos, experimenten el alivio que tanto necesitan.

—¡No puede ser verdad!

—La verdad duele y en este caso particular mucho. ¡Y a muchos! Sin embargo, sabiéndolo, los dueños de esos laboratorios se oponen a bajar los precios o permitir que alguien lo fabrique más barato. Corrompen a jueces y políticos y amenazan de muerte a quien intenta imitar su fórmula.

Cristina permanecía estática, con el frasco en la mano, observando fijamente el logotipo del laboratorio, con el gesto de quien imagina que tiene un diamante en la mano y de improviso advierte que se ha convertido en un carbón al rojo.

Lo soltó como si en verdad le estuviera abrasando.

—¡Dios no puede permitir tanta maldad!

—Sí que lo hace, aunque quien en realidad lo permite son las autoridades que Dios permite que nos gobiernen.

Resultaba evidente que Sidney Milius había encontrado una grieta en la coraza de su enemigo, y no dudó un segundo a la hora de ahondar en la herida:

—Si en verdad le preocupa tanto el dolor ajeno, le cambio mi vida por la de esos cerdos que se hacen ricos con el dolor ajeno.

—¿Qué está queriendo decir con eso?

—Que si me deja libre le prometo que nadie tendrá que pagar más de quince euros por uno de esos putos frascos.

—Nadie puede hacer algo así.

—Yo puedo hacer lo que me proponga.

—¿Y por qué no lo ha hecho antes si tanta gente sufre lo indecible?

—Porque si me hubiera enfrentado a esa gente me habrían fulminado, y nunca he sido un loco altruista al que le guste hacer las cosas por amor al arte. Ahora es diferente porque me encuentro tan jodido que ya no he podido aguantarme más y me he orinado encima.

—Me niego a creer que consiguiera bajar hasta ese punto los precios.

—Lo conseguiría porque ya han amortizado la inversión y han ganado millones. Y porque, mal que le pese a muchos, aún sigo siendo El Zar.

—Con eso no me aclara nada.

—Tengo incontables seguidores en las redes, otros me deben favores y a los que faltan los compraría, porque lo único que me sobra es dinero. Y le garantizo que si El Zar decide coordinar un ataque cibernético a nivel global, esos laboratorios no volverán a ingresar un centavo, pagar a un proveedor ni mover un jodido frasco de cualquier medicamento. Sus cuentas desaparecerán, las tarjetas de crédito de sus ejecutivos serán anuladas y sus teléfonos móviles, tabletas y correos electrónicos se colapsarán. Cuando eso ocurra, sus acciones caerán, las compraré a la baja y tres días después ordenaré revenderlas a precio de «liquidación por cierre del negocio». Lógicamente habré perdido dinero, pero las redes sociales se encargarán de airear la noticia, cundirá el pánico, y la experiencia enseña que no hay peor enemigo de una empresa que un accionista histérico. Será entonces cuando los enfrente a un pequeño dilema: o venden a quince euros el frasco o no vuelven a vender ninguno.

—¿Realmente es tan listo?

—Modestia aparte, sí, aunque lo cierto es que la tecnología ofrece grandes ventajas pero también presenta notables inconvenientes. Sus amigos de Medusa pueden hacer ciertas cosas, pero sospecho que de una forma incontrolada y poco profesional, mientras que yo cuido hasta el último detalle, y cuando clavo los colmillos nunca aflojo.

—Empiezo a sospechar que le desestimé.

—No se culpe por ello. Le ha ocurrido a los mejores, porque quienes imaginaron que podían dominar a los demás no comprendieron que, en contrapartida, también podían ser dominados. ¿Dormiría tranquila sabiendo que, por el simple hecho de haber acabado conmigo, muchos infelices estarán sufriendo porque no se pueden gastar ciento cuarenta euros en un maldito frasco...? No valgo tanto.

—Valer, lo se que se dice «valer», no vale nada, pero se ha convertido en una amenaza para quienes se han propuesto paliar el hambre en el mundo. Y supongo que ver morir de hambre a un hijo debe de ser la primera fuente de sufrimiento.

Su interlocutor bajó la vista hacia el charco de orines que se encontraba a sus pies y pareció hartarse de la situación, optando por encogerse de hombros y aceptar su destino. Durante unos momentos creía haber estado a punto de encontrar una vía de escape, pero de nuevo se enfrentaba a lo que consideraba un auténtico muro de insensatez.

—No vale la pena continuar discutiendo, porque decididamente está loca. Nadie ha conseguido paliar el hambre del mundo; lo único que han conseguido es aumentarla.

—Ellos lo conseguirán.

—¿Cómo?

Se lo explicó de la manera más clara y concisa posible, por lo que Sidney Milius pareció desconcertarse, hasta el punto de golpearse la frente contra la mesa como si pretendiera que las ideas le penetraran con más fuerza:

—¡Mierda, mierda, mierda! ¿A quién se le puede ocurrir una idea tan ilógicamente lógica si es que en verdad funciona?

—A los mismos que intenta destruir. ¿Comprende ahora por qué no puedo dejarle vivo?

—Si ese método resultara factible, cosa que no estoy en capacidad de determinar, entiendo sus razones, pero por eso mismo no debería ser tan terca a la hora de rechazar un dinero que contribuiría a que algo así fuera factible. ¿Por qué no intentamos llegar a algún tipo de acuerdo?

—¿Qué clase de acuerdo?

—Yo contribuyo a la causa del hambre con la mitad de lo que tengo, y usted me concede unos días con el fin de demostrar que estoy en condiciones de poner de rodillas a esos malditos laboratorios, obligándoles a vender a un precio asequible. Luego me deja marchar y le aseguro bajo palabra de honor que jamás volveré a acordarme, ni de usted, ni de Medusa.

—Nunca ha demostrado tener honor.

—Pero he demostrado tener palabra.

La dueña de la casa, y de la situación, se inclinó a mirar bajo la mesa comprobando que efectivamente su interlocutor se había orinado en los pantalones, y al poco abandonó la cocina con el fin de salir al porche y observar cómo gruesas gotas de agua golpeaban contra la superficie del lago.

Se sentía confusa.

No le asustaba la idea de inyectarle una dosis letal de sedantes a un personaje que había robado el presente y el futuro de millones de seres humanos, por un exceso de codicia y un mayor exceso de egolatría: la muerte había sido creada para poner fin a todo, siempre tenía que llegar, y en un caso como el de Sidney Milius, más valía que llegara cuanto antes, aunque tan solo fuera para evitar que continuara saqueando.

No era, por tanto, una cuestión de escrúpulos.

Su concepto del bien o el mal se había forjado en

años de recorrer pasillos de hospitales escuchando los gemidos de criaturas que jamás habían hecho daño a nadie y a las que se veía obligada a desear la muerte para que al menos pudieran dormir una noche a gusto.

Su propia hermana se lo había dicho en el último momento:

—Aunque esté muerta, esta noche dormiré y soñaré; ya mañana emprenderé el camino.

Esa noche la veló sabiendo que dormía y soñaba pese a que estuviera amortajada, y al amanecer le besó la frente y permitió que emprendiera su larga marcha, porque las almas limpias debían abandonar sus cuerpos a la luz del día con el fin de encontrar fácilmente su lugar de descanso.

Se volvió a observar a quien aguardaba sabiendo que su sentencia no dependía de las deliberaciones de un jurado, que en el peor de los casos le habría enviado a prisión por una larga temporada, sino del estado de ánimo de una persona obsesiva, evidentemente inestable, y por lo tanto impredecible.

Nada bueno cabía esperar de alguien que admitía que idolatraba a un hombre que supuestamente controlaba las ondas, atraía a los animales, sanaba a los enfermos y hablaba con los muertos.

Y que, por si todo ello no fuera más que suficiente, pretendía dar de comer a los hambrientos...

Cuando Cristina tomó de nuevo asiento al otro lado de la mesa tenía el ceño fruncido y apretaba los dientes, lo que daba a entender que salir a tomar el aire no le había ayudado a despejar sus dudas.

Fue la visión del odioso frasco lo que pareció decidirle:

—Me firmará un documento por el que se responsabiliza del ataque a este puto laboratorio, y por lo tanto es el único culpable de su posible ruina. De ese modo, si no cumple su palabra, se lo enviaré a quien corresponda, que no dudará en buscarle donde quiera que se oculte. A la gente no le gusta que le hagan perder millones.

—A mí me sienta fatal.

—Y redactará un segundo documento por el que admite que sigue siendo el cerebro de Medusa, y que si el Gobierno americano le declaró inocente se debe a que decidió colaborar con ellos espiando a los Gobiernos de otros países.

—Pero eso sería como firmar una segunda sentencia de muerte.

—Si esos documentos se hicieran públicos sí, pero si no me obliga a hacerlo guardaré silencio. Y, por último, contribuirá con cuatrocientos millones a la causa del hambre y se marchará a Tahití, donde vive una amiga que podrá mantenerle controlado, avisándome en cuanto abandone la isla.

—O sea que no me deja más que dos opciones: o Tahití o el lago.

—Resulta muy sencillo: en Tahití hay sol, playa y mujeres preciosas; en el lago, tan solo hay agua, frío y oscuridad... Usted mismo.

XV

—Según los expertos, este es nuestro «hábitat natural» y debemos mantenerlo tal como estaba cuando llegamos, aceptando sus diferentes etapas evolutivas que, como sabemos, han sido muchas. No debemos aspirar a cambiarlo, dominarlo o hacer prevalecer nuestras ideologías, sean del tipo que sean, puesto que la experiencia demuestra que las ideologías son frutas temporeras que siempre acaban empachando o pudriéndose. Nuestra única política es, y será siempre, «la adaptación al medio», sea ese medio océano, selva, desierto, montaña o hielo polar, sin importarnos ser delfín, foca, chimpancé, camello o cabra y permitiendo que otros se consideren a sí mismos cachalote, león, guepardo, oso o tigre.

Hablaba con la seguridad y la calma de quien da por hecho que nadie osará interrumpirle, admitiendo que pronunciaba una de sus famosas «clases magistrales» de las que tanto provecho solían obtener.

—El siglo pasado fue prolijo en confrontaciones bélicas, sin duda, las mayores de la historia, y durante el único período de relativa paz, que acabó por llamarse «Guerra Fría», el gasto en armamento aumentó hasta límites estratosféricos, lo cual no constituye una exageración, puesto que ciertos cohetes nucleares abandonaban la órbita terrestre. Fueron tiempos de gran prosperidad; tiempos durante los que diseñar y fabricar armas con las que destruir masivamente, o evitar ser destruidos masivamente, por enemigos que lo mismo podían resultar fascistas que comunistas, imperialistas que ultranacionalistas. Aquellos eran contendientes sólidos, visibles y concretos, con líderes que pronunciaban grandilocuentes discursos al paso de tanques, misiles y cañones, pero las guerras de Vietnam, Afganistán, Yugoslavia e Irak parecen haber puesto punto final a tan dorada época.

Maurice Lagarde hizo una pausa durante la que miró directamente a los ojos de quienes no perdían detalle de cuanto decía, dándoles tiempo para fijarlo en su memoria, puesto que no estaba permitido tomar notas. Ni una grabadora, ni un teléfono, ni tan siquiera un lápiz, podían atravesar la gruesa puerta, puesto que nada de cuanto se dijera en el hermoso y peculiar salón de música de La Casa del Silencio debía filtrarse al exterior.

—El miedo impulsó a los primeros hombres a fabricar armas con las que defenderse de las bestias o de otros hombres, y así seguirá siendo hasta el fin de los tiempos. Tantas más armas se fabricarán cuanto más miedo exista, aunque últimamente las grandes confrontaciones se han convertido en simples algaradas que suelen acabar en treguas o armisticios, ya que por mucho que se intente reavivarlas rara vez traspasan fronteras ni dejan un margen de beneficios que amerite la inversión. «¡Cacahuetes!», como habría asegurado nuestro querido y malogrado amigo George Bolton, que era quien mejor entendía las ventajas que traen aparejadas las guerras periódicas que permiten vaciar almacenes y renovar existencias. La situación comenzaba a ser preocupante al no existir enemigos realmente consistentes, pero por fortuna estamos consiguiendo revitalizar a un gigante que permanecía dormido y cuyo inmenso potencial no radica en la calidad de su armamento, sino en el increíble número de cuantos están ansiosos por luchar y morir.

Se sirvió agua y bebió despacio, no solo porque tenía seca la garganta, sino porque era consciente de la importancia de lo que iba a decir:

—El miedo que alguien pudiera experimentar hace setenta años al escuchar por radio un discurso de Adolf Hitler, que además ladraba en alemán, no puede compararse al terror que experimenta un telespectador al ver cómo un yihadista degüella fríamente a un hombre arrodillado. La demencial parafernalia de esos fanáticos de ropa, capucha y bandera negra, voces de ultratumba, cuchillos ensangrentados, ejecuciones en masa, fosas comunes y secuestro de niñas, que acaban vendidas o violadas, más parece fruto de la mente calenturienta de un dibujante de cómics que de un ser humano, pero es real.

Asintió con la cabeza al advertir que un oyente hacía un esfuerzo por mantenerse en silencio y le animó a hablar:

—¿Qué te preocupa?

—¿Realmente ese llamado «Estado Islámico» o «Califato» posee tanta fuerza como proclama?

—No lo sabemos porque aún no cuenta más que con fusiles, lanzacohetes y tanques arrebatados al enemigo, pero ya solo con eso ha puesto en pie de guerra a gran parte de los ejércitos del mundo. Los buscan en pleno desierto y les atacan con bombas y cohetes lanzados desde aparatos que tienen su base en portaaviones o aeropuertos lejanos, por lo que los expertos han calculado un gasto mínimo de cien millones de dólares por cada yihadista que consigan eliminar.

—¿Y cuántos se supone que existen?

—Un número infinito, ya que cuantos más mueren, más nacen. Esta nunca será una guerra clásica en la que el enemigo acaba siendo cercado y destruido mientras sus líderes se suicidan en un búnker. Aquí el enemigo se encuentra tan disperso que lo mismo surge en las calles de Londres que en las selvas africanas, las montañas de Asia o las islas de Indonesia, y ni siquiera pertenece a un país o a una raza concreta. Eso es malo para quienes les combaten y, por lo tanto, bueno para nosotros, puesto que a mayor esfuerzo mayor gasto. Si entre los musulmanes existiera una máxima autoridad que marcara el camino, a semejanza de nuestro Papa, los fanáticos aceptarían sus mandatos, pero por suerte no existe. Cualquier imán o ulema desquiciado puede interpretar los textos del Corán a su antojo, porque la mayoría de sus aleyas son muy precisas, pero existen otras que se prestan a confusión, y el propio Mahoma lo advirtió en su momento: «Quienes tienen dudas en su corazón a veces prefieren seguir el camino equívoco buscando la discrepancia y ansiando imponer su propia interpretación, pero esa interpretación tan solo la conoce Dios.»

Maurice Lagarde se tomó un nuevo descanso, durante el cual pudo constatar que nadie perdía detalle de cuanto decía, y bebió por segunda vez, antes de continuar:

—Un abanico de opiniones tan amplio conduce al infinito, y por eso a partir de ahora debemos invertir en la yihad islámica, contribuyendo a reforzarla y engrandecerla a base de proporcionarle cobertura informativa, sobre todo en las redes de internet, ya que cuanto más y mejor se conozcan sus atrocidades, más y peor reaccionará una aterrorizada ciudadanía, que no se opondrá a que una parte importante de sus impuestos se dedique a protegerles de lunáticos que pretenden imponerles leyes antinaturales.

—¿De qué sumas estamos hablando?

—Cualquier suma es aceptable si en el balance final se ha convertido en una multiplicación, querido Oscar, de eso tú sabes más que nadie. Y cuando hasta prestar dinero cuesta dinero, por culpa del descenso de los tipos de interés, invertir en un producto de tanto futuro como el fanatismo rinde dividendos. Nuestra política debe basarse en potenciar al máximo la sensación de pánico sin ser los causantes de ese pánico, habida cuenta que no debemos temer daños colaterales, a no ser que corramos la maratón de Boston o viajemos en metro, cosas que no forman parte de nuestros hábitos. Que yo sepa, nadie que tenga millones ha sido víctima de un atentado yihadista; se decantan por los pobres.

—Es que hay más.

—Y más asequibles. Si el Califato proclama que impondrá por la fuerza la sharía a la tercera parte del planeta, tanto sus seguidores como cuantos no quieran ver a sus hijas obligadas a cubrirse el rostro con un velo, tendrán que rascarse los bolsillos. Los americanos ya han tocado a rebato, poniendo a sus fuerzas en pie de guerra, los países árabes más ricos han declarado que se armarán hasta los dientes, y el otro día se pudo ver a una columna de islamistas viajando en vehículos blindados de fabricación americana, cargados con lanzacohetes de fabricación rusa. En esta gigantesca ceremonia de la confusión, en la que algunos Gobiernos armarán incluso a sus más ancestrales enemigos para que combatan contra sus nuevos enemigos nadie sabrá a favor de quién combate ni en contra de quién lo hace. Todo ello parece indicar que los tiempos de prosperidad vuelven a llamar a nuestra puerta y debemos...

Como si se hubiera tratado de una señal convenida se escucharon golpes en la gruesa puerta, por lo que Maurice Lagarde pareció molestarse.

—¡Qué casualidad! ¿Qué pasa ahora?

Ante la insistencia de las llamadas hizo un gesto para que quien se encontraba más cerca la abriera y permitiera que asomara la cabeza de un sirviente de rostro desencajado, que barbotó nerviosamente:

—Lamento molestarle, señor, pero la ciudad ha quedado bloqueada.

—¿Qué quiere decir con eso de «bloqueada»?

—Que al parecer la han ensombrecido como ocurrió en Mónaco. Nada funciona; ni móviles, ni televisión, ni ordenadores, ni radios, ni trenes, ni incluso la mayoría de los coches.

Cundió un nerviosismo que se aproximaba peligrosamente al pánico, puesto que todos conocían lo que había ocurrido en el principado, e incluso alguno de los presentes había experimentado en primera persona el horror de la fatídica noche en la que el siglo veintiuno amenazó con detenerse.

En cuanto se asomaron a la terraza advirtieron que Davos ya no aparecía cubierta por un hermoso manto blanco, sino por un sudario, y que ya tampoco representaba a la perfección un paisaje navideño, debido a que por sus iluminadas calles barridas por el viento no circulaba un alma.

Y mucho menos un cuerpo.

El frío, y sobre todo el miedo, habían conseguido que desde los tres jefes de Gobierno que asistían al prodigioso evento, hasta los doce barrenderos encargados de mantener las calles transitables, todos cuantos se encontraban en la ciudad se apresuraran a buscar refugio en sus lujosos hoteles o sus humildes casas, imaginando que aquella sería una noche de sobresaltos e impotencia.

El universo intangible y casi fantasmagórico de imágenes, voces, música y órdenes de compra que viajaban por el espacio atravesando muros, mares y cordilleras, había sucumbido ante un mundo palpable en el que los objetos eran lo que eran sin aspirar a más, pero constituía casi un contrasentido que fuera ese brusco regreso a la «normalidad» lo que asustara tanto.

Cabría asegurar que las ondas se habían convertido en los nuevos dioses de los seres humanos, debido a que nadie podía verlas ni tocarlas, pero resultaban omnipresentes y se habían adueñado de todos los corazones y todas las voluntades.

Sin la ayuda de tales divinidades, la mayoría de quienes se encontraban en aquellos momentos en Davos se sentían desnudos e indefensos.

Transcurrieron casi diez minutos hasta que en la puerta de La Casa del Silencio se presentó un viejo furgón del que descendieron dos hombres uniformados que se cuadraron respetuosamente ante Maurice Lagarde:

—¡Buenas noches, señor! Nos han enviado a recogerles y llevarles a sus hoteles, porque las calles pueden ser peligrosas. Lamentamos que el vehículo resulte incómodo, pero es de los pocos que funcionan en estas circunstancias. Será un trayecto corto.

El vehículo resultaba ciertamente incómodo, pero el trayecto no resultó en absoluto corto.

Tras dos horas de viaje, durante las que nadie prestó atención a sus gritos, protestas o lamentaciones, la puerta trasera se abrió y sus peores pesadillas se hicieron realidad, puesto que se encontraron en el interior de un húmedo sótano y frente a tres hombres fuertemente armados que se cubrían el rostro con negras capuchas.

El que les comandaba se limitó a ordenarles que se arrodillaran antes de señalar:

—Se encuentran en poder del Frente popular yihadista de Tanzania, y no saldrán de aquí hasta que el último de nuestros compañeros de armas sea puesto en libertad.

XVI

Llegó temblando.

Pasearse en moto por las calles de Davos a finales de enero, de noche, y sin la protección de un casco de acero y un mono de cuero reforzado interiormente con pintura mezclada con limaduras de plomo, no constituía una buena idea, pero era la única forma de «bloquear» la ciudad dejando a los muy poderosos con la palabra en la boca y el terror en el cuerpo.

Recorrió luego, ya bien abrigado, los treinta kilómetros que lo separaban del punto en que le aguardaba Claudia, que al verle en tan lamentable estado, le acostó, le dio una pastilla destinada a bajar la fiebre y emprendió de inmediato la marcha, con la intención de cruzar la frontera y encontrarse en territorio italiano en cuanto comenzara a circular la noticia del súbito «apagón» de la ciudad de los negocios sucios.

Afortunadamente, la autocaravana que le había vendido el primo de René, cobrándole, eso sí, trescientos euros más de lo previsto, estaba en magníficas condiciones, por lo que con la primera claridad del día, encontró un buen lugar del bosque en el que acampar, justo al pie de las montañas.

Pero los temblores y la fiebre de su marido iban en aumento.

—Tienes que ir a un hospital.

—Sabes que no es posible: en cuanto sus aparatos dejaran de funcionar me relacionarían con lo ocurrido en Davos.

—¡Pero es que estás muy mal...!

—Peor estaría en una cárcel sabiendo que ocupas una celda contigua. Cuando nos lanzamos a esta aventura, lo hicimos conociendo sus posibles consecuencias, y estas son esas consecuencias.

Desde que se pusieron en camino, Claudia había aceptado la idea de un imprevisto desastre, pero siempre había dado por hecho que sería ella quien lo padeciera, ya que ningún daño podría afectar al hombre que, evidentemente, había sido elegido por el destino con el fin de llevar a cabo fabulosas proezas, y por lo tanto se le antojaba incomprensible que se encontrara en semejante estado, cuando en otro tiempo hasta los rayos y los cables de alta tensión le respetaban.

Permaneció como ausente, sentada en el borde de la cama hasta que, tras toda una noche de conducir agarrotada por los nervios, el agotamiento le obligó a caer absolutamente rendida, y tan solo entonces hizo su aparición el militar israelí, que observó meditabundo al enfermo antes de comentar:

—Entiendo que allá arriba hacía mucho frío y esté a punto de darse por vencido, pero le voy a contar una historia acerca del frío y la capacidad de resistencia; hace ya más de un siglo se produjo una imprevista avalancha aquí, en estos mismos Alpes, que dejó aislado en su granja a un matrimonio y sus tres hijos. Fue un invierno largo y crudo, por lo que cuando ya no les quedaba nada que comer, el padre se suicidó, suplicando a su mujer que congelara su cadáver y fuera cortándole en pedazos con que alimentar a los pequeños. Ella así lo hizo, pero en cuanto llegó la primavera, llevó a los niños con sus abuelos, para regresar a dejarse morir de pena junto a lo poco que quedaba de su esposo. Cuando se trata de salvar a quienes se ama todo es válido, usted aún tiene que salvar a muchos, y también tiene una mujer y un hijo a los que cuidar, o sea que le suplico, o más bien le ordeno, que resista.

Aquella vieja leyenda alpina resultaba triste y demoledora, pero tan solo era una prueba de la capacidad de sacrificio de ciertos padres a la hora de proteger a sus hijos. De hecho, en ocasiones ni siquiera les hacía falta suicidarse y dejarse congelar, ya que iban ofreciendo partes de su cuerpo y su alma, día a día, año tras año y rodaja a rodaja.

Cuando, pasado el mediodía, Claudia emergió de su profundo sopor advirtió que su marido tenía los ojos abiertos, por lo que se apresuró a inquirir:

—¿Cómo te encuentras?

—Vivo, lo que dadas las circunstancias, ya es bastante.

—No vuelvas a asustarme de este modo.

—¿Acaso crees que me divierte? ¿Dónde estamos?

—No lo sé, pero anoche pasamos por un pueblo; me acercaré con la moto a averiguarlo.

—Conduce con cuidado y llama a casa.

—Es lo primero que pensaba hacer.

Fue lo primero que hizo, y le tranquilizó que Vicenta le dijera que el niño se encontraba jugando con «el merluzo de Ceferino», al que se le caía la baba con el crío.

También consiguió hablar con Cristina, a la que por primera vez notó nerviosa y en cierto modo huraña, aunque al poco la muchacha se disculpó, alegando que aún se encontraba afectada por la muerte de Madeleine y por lo tanto necesitaba tomarse unos días de descanso.

Tras pasar por la farmacia y la panadería, compró todos los periódicos que encontró, ya que la mayoría dedicaba sus primeras páginas a cuanto había ocurrido en Davos, así como al sorprendente caso de dos poderosos banqueros y cuatro conocidos empresarios que habían sido secuestrados por un misterioso Frente popular yihadista de Tanzania, del que nadie había oído hablar. Por lo visto, exigían la liberación inmediata de sus compañeros de armas encarcelados por las tiranías fascistas, pese a que ningún Gobierno— fascista o no— admitiera tenerlos en su poder.

Algunos expertos opinaban que estaba a punto de desencadenarse una tercera guerra mundial, en la que de un lado se alinearían las mayores potencias económicas y del otro, los mayores fanáticos.

El gran problema estribaba en que, en demasiadas ocasiones, las grandes potencias económicas dejaban de ser potencias, mientras que los fanáticos nunca dejarían de ser fanáticos, porque para convertirse en potencia económica se necesitaba bastante esfuerzo y una cierta inteligencia, mientras que para convertirse en fanático resultaba conveniente carecer de ambas virtudes.

Cuando Claudia le comentó a su marido cómo estaban las cosas, este no pudo por menos de comentar pese a que no se encontraba con demasiados ánimos:

—Vaya un país lejano que ha elegido Parker... ¡Tanzania! Está claro que es capaz de inventar cualquier cosa con tal de hacer desaparecer a esos hijos de puta.

—¿Qué crees que hará con ellos?

—Tal vez los mantenga un tiempo fuera de circulación o tal vez les corte el cuello, pero haga lo que haga bien hecho estará. Son gentuza de la que no debemos compadecernos, puesto que jamás se compadecen de nadie y acaban por convertirnos en inmorales a quienes nunca quisimos ser inmorales. ¿Quién me iba a decir que acabaría colaborando con tipos como Dan Parker?

—Al menos hemos conseguido que nos ayude con el tema del hambre y sabemos de qué pie cojea.

—Su puñetera agencia es un ciempiés que cojea de noventa y nueve, pero haga lo que quiera que haga de ahora en adelante, secuestrar, mentir, robar o asesinar, no es más que lo que siempre ha hecho, y no conseguiremos evitarlo. Por mi parte me conformo con que cumpla su palabra y ese dichoso avión aterrice pronto en Mauritania.

El bimotor tomó tierra, se meció como si tuviera la malvada intención de dejarse caer de costado, acabando allí mismo con su ya excesivamente larga y agitada existencia, levantó nubes de polvo y fue a detenerse con lo que pareció un suspiro de incredulidad por el hecho de comprobar que, contra todo pronóstico, había llegado sano y salvo a su destino.

Y razones le sobraban, visto que probablemente ningún otro tipo de aparato —y muy pocos pilotos— hubieran sido capaces de posarse con éxito en una pista irregular, demasiado corta y flanqueada de altas dunas.

De no haberse detenido a tiempo habría atravesado de parte a parte el mísero campamento, derribando chozas y tinglados mientras sus hélices destrozaban a cuantos no consiguieran escapar a tiempo.

Adelaida Perdomo comprendió por qué razón su madre se había negado a embarcarse en semejante trasto, reliquia de cualquier olvidada guerra africana, y se volvió demudada a don Teodomiro Quintero, que se mordía con tanta fuerza el bigote que parecía a punto de morderse la punta de la nariz:

—¡Virgencita, Virgencita...! ¡Qué vuelo!

—Esto no ha sido un vuelo, querida: nos han traído a patadas en el trasero, pero con pisar tierra firme me conformo.

No obstante, en cuanto el copiloto abrió la puerta, una bocanada de aire ardiente le golpeó en el rostro, cortándole el aliento y como pretendiendo advertirle que si creía que lo peor del viaje había pasado estaba equivocado.

Lo que le aguardaba era el desierto.

Y el hambre.

Y la miseria.

Y, sobre todo, el miedo.

Una invisible frontera cruzaba por algún punto

cercano, nadie sabía exactamente cuál, pero sí se sabía que en dirección a poniente tan solo se alzaba un infinito mar de arena, mientras que por los pedregales de levante merodeaban fundamentalistas convencidos de haber nacido para «degollar infieles», puesto que les habían asegurado que ese era el mejor camino a la hora de alcanzar un paraíso, en el que docenas de hermosas púberes aguardaban impacientes con el fin coronar sus victoriosas cabezas con el inestimable tesoro de su virginidad.

Otros pueblos optaban por premiar a sus héroes con coronas de laurel, mucho más limpias, prácticas y perdurables que un himen de uso único, pero al parecer tales coronas no eran demasiado apreciadas por quienes inmolaban sus vidas en mor de sus creencias.

En el Corán no existía una sola mención a engañosos atajos que condujeran, a través de los escarpados y peligrosos senderos, a una gloriosa eternidad dominada por la superabundancia de sexo, leche y miel, pero a los quinientos años de la muerte del Profeta, el más desquiciado y sádico de sus seguidores, el iraní Hasan ibn Sabbah, más conocido por el sobrenombre de El Viejo de la Montaña, había fundado la sanguinaria secta ismailí de los «assassin», cuya doctrina venía a preconizar que cuantas más criaturas creadas por el Señor se destruyeran, más les recompensaría por ello ese mismo Señor.

Evidentemente constituía una soberana idiotez, aunque a decir verdad no se diferenciaba en mucho a los métodos utilizados por la Inquisición. La gran diferencia estribaba en que mientras la Inquisición se había ido devorando a sí misma hasta la total extinción de su cuerpo, aunque no de su alma —que aún correteaba como una lagartija ciega por las catacumbas del Vaticano—, los antiguos «asesinos» habían acabado por convertirse en modernos yihadistas, sin que el cambio de nombre significase una mejora en sus insensatos hábitos.

Debido a ello, en el momento de descender por la empinada escalerilla, recibir de frente el primer rayo de un sol que pretendía fundirle los párpados y contemplar los famélicos rostros de gentes cansadas de vivir en inhumanas condiciones, pero que seguían respirando puesto que carecían de medios incluso para suicidarse, a Adelaida Perdomo le temblaban las piernas, pero al mismo tiempo experimentaba un profundo e inexplicable placer que parecía partirle de los mismísimos riñones.

Era como el subidón de adrenalina que solía asaltarle cuando se encontraba en la cima de una noria y no podía evitar gritar, abrazándose a su marido, ansiosa y a la par temerosa de caer al vacío y advertir cómo el estómago le ascendía hasta la garganta.

Odiaba estar allí, pero en aquellos momentos era el

único lugar en que deseaba estar, y bendijo a quien había propiciado que se encontrara en el cenit de aquella especie de gigantesca montaña rusa, alzada en el corazón del mayor y más cruel de los desiertos.

Casi un centenar de hambrientos aguardaban expectantes, pero de entre todos ellos le llamó la atención una mujer alta y delgada, que sostenía un niño en brazos, y que inclinó ligeramente la cabeza sonriendo como si diera la bienvenida a una vieja amiga.

Jamás la había visto, aunque si le hubieran obligado a jurar, habría jurado que la conocía desde la infancia, pero cuando inclinó un poco las gafas con intención de observarla mejor, había desaparecido.

Los primeros en aproximarse fueron un esquelético cabo que estaba al mando de tres soldados mauritanos, igualmente escuálidos, una espigada y requemada doctora belga y el director del campamento, un romano al que le faltaba la mano izquierda y tenía la curiosa costumbre, muy italiana, de pronunciar siempre el apellido antes del nombre:

—Doctor Martini; Fredo.

Llamarse Fredo Martini y dirigir un campamento de refugiados en un país desértico, en el que estaban prohibidas las bebidas alcohólicas, constituía a todas luces una especie de burla del destino, pero el buen doctor lo aceptaba con la misma naturalidad con que aceptaba que ocho meses atrás un francotirador le dejara manco, lo cual no le impedía hacer su trabajo con loable eficacia.

Tras las correspondientes presentaciones y las bromas que él mismo solía hacer respecto a su nombre, les agradeció en el alma que trajeran algo de comer, puesto que hacía días que apenas tenían nada que llevarse a la boca:

—Nos encontramos entre la afilada espada del islam, una infinita pared de arena y las tinieblas del olvido, porque el conflicto en Mali tiene trazas de prolongarse *ad infinitum*, y actualmente hay miles de refugiados en campamentos como este a lo largo de sus fronteras.

—¿Y qué tiene Mali para que despierte semejante interés, siendo como es un país tan pobre?

—Nada. Y mucho. Nada porque, efectivamente, es un inmenso desierto que únicamente produce natrón, pero se encuentra situado en un punto estratégico, y quien domine Mali tendrá fácil acceso al uranio de Níger, el gas de Argelia, el petróleo de Nigeria y el hierro de Mauritania. Si los yihadistas, ayudados por un puñado de tuaregs renegados, consiguieran fundar una nación islamista independiente en el norte de Mali, el Sahara nunca volvería a conocer la paz.

—¿Qué es el natrón?

—«La Sal de los Dioses» que utilizaban los egipcios para momificar a sus faraones, pero por desgracia ya no quedan faraones que momificar, por lo que el comercio de natrón como simple sal para los animales apenas da para malvivir a unos pocos...

Hizo una pausa, sonrió como pidiendo disculpas, pero giró la cabeza hacia cuantos aguardaban ansiosos:

—Me encantaría contarle cómo hace tres mil años partían de Mali interminables caravanas de camellos que llevaban el natrón hasta Egipto, pero esa constituye una charla apropiada para la sobremesa, y mi gente desfallece.

La venezolana le indicó que necesitaba por lo menos una hora para prepararlo todo, advirtiendo que lo que iba a ver tal vez le desconcertara, pero confiaba en que constituyese una eficaz ayuda a la hora de solucionar sus múltiples problemas.

—Lamento haber tenido que encadenarte, pero era la única forma de sentirme segura.

—No tienes por qué disculparte: vine en busca de guerra, la he encontrado y me ha servido para llegar a una triste conclusión: el ansia de venganza debe de ser cosa de animales; te encadenan como a un perro, te hacen trabajar como a un burro, y te despluman como a un pollo.

—Me alegra que lo tomes con sentido del humor.

—¿Y qué remedio me queda si es la segunda vez

que me ocurre? Ganaba millones con el sencillo esfuerzo de apretar unas teclas, vivía en un yate fabuloso, y a las mujeres les fascinaba la idea de pasarse un mes a bordo del *Milius@.com* a base de champán, sexo y caviar. En ocasiones las embarcaba de cuatro en cuatro.

Cristina pareció desconcertarse.

—¿De cuatro en cuatro? ¿O sea que además de ladrón, saqueador y estafador eres un obseso sexual? He hecho bien en mantenerte encadenado.

Sidney Milius casi no daba crédito a lo que estaba oyendo.

—Llevar cuatro mujeres en un yate no significa que seas un obseso sexual. ¿En qué mundo vives?

—En el que aprendí de mis padres, y me consta que fueron felices, hasta que un día hizo su aparición la maldita enfermedad.

—El índice de felicidad de un ser humano no resulta calculable, puesto que presenta infinidad de variantes imposibles de evaluar con un mínimo de rigor científico, o sea que mejor dejamos el tema y nos centramos en lo que importa, porque yo he cumplido con mi parte del trato. ¿Qué piensas hacer?

—Como ahora no llueve y podrás llegar a la autopista, te voy a dejar en libertad; lo único que tienes que hacer es tomarte el sedante y cuando despiertes, te habré quitado las cadenas y me habré ido.

—¿Adónde?

—Pasaré una temporada en algún lugar aislado, porque todo cuanto ha ocurrido me ha fatigado. Tendrás tiempo para viajar a Tahití, donde te presentarás día sí y día no ante la puerta del ayuntamiento para que mi amiga...

El Zar de los *hackers* negó convencido:

—Te advierto que no tengo la menor intención de ir a Tahití. Es una isla preciosa, pero al cabo de dos semanas estás hasta las narices de tanta playa, tanto tambor y tanto mover el culo.

—Es lo que habíamos acordado.

—He cambiado de idea; me quedaré aquí porque también necesito relajarme y descansar.

—Pero es mi casa.

—Lo sé... Y me encanta.

Semejante respuesta resultaba en verdad desconcertante, por lo que Cristina tomó asiento, se sirvió un vaso de vino, dejó pasar un par de minutos con objeto de recuperar la calma, y al fin inquirió:

—¿Acaso imaginas que voy a prestarle mi casa a un cerdo que ha arruinado a miles de infelices?

—No hace falta que me la prestes; te la compro.

—¿Cómo has dicho?

—Que te la compro, espero a que vuelvas y nos casamos.

—¿Repite eso?

—Que te compro la casa y nos casamos.

—Además de ser un malnacido estás loco...

—Nunca lo he negado, pero en este caso tengo buenas razones para estarlo; eres la mujer más inteligente, valiente y atractiva que he conocido, y he conocido a muchas. Me quedaré aquí y si no vuelves, te buscaré.

La indignada respuesta sonó absolutamente sincera:

—Habrase visto semejante imbécil...

—Imbécil sería si no lo intentara.

—A ti lo que te pasa es que te ha afectado el síndrome de Estocolmo.

—Sé lo que significa; es la empatía que sintieron unos secuestrados suecos con respecto a sus secuestradores, pero está claro que si esos secuestradores tenían tu cuerpo, tus ojos, tu pelo y tu carácter, dicha empatía resulta comprensible.

—Es lo más estúpido que he oído en mi vida.

—No tiene nada de estúpido; cada día millones de hombres le piden a una mujer que se case con ellos.

—Excepto cuando el hombre es un canalla y además se encuentra encadenado.

—Antes o después las cadenas acaban por aparecer, y ya me he acostumbrando a ellas.

Cristina se sirvió otro vaso de vino, se aproximó al ventanal, permaneció largo rato contemplando cómo chapoteaban los patos y, sin volverse, inquirió:

—¿Por qué llega un momento en que incluso los hombres más inteligentes tan solo piensan de cintura para abajo? Eres un mal bicho al que debí aplastar el primer día, pero cometí el error de concederte una oportunidad, y ahora me vienes con esa cursi mamarrachada acerca de un súbito ataque de amor loco. Si tuvieras un mínimo de vergüenza no te comportarías así, porque ya he sufrido demasiado.

—Lo siento pero no puedo evitarlo; durante estos días he descubierto que el tipo de soledad que tan a menudo me abruma no la remedian cuatro, ni mil, ni un millón de mujeres; ahora tan solo la remediaría una con la que, incluso encadenado, he pasado momentos inolvidables. Por lo tanto no es extraño que quiera casarme con ella, lo cual sería lo único decente que he hecho en mi vida.

—¿Y me ha tocado la china...? ¡Vaya por Dios! ¡Mala suerte la mía! Como no tenía bastantes problemas me sale un pretendiente plasta.

—En un principio la mayoría de los pretendientes suelen resultar unos plastas, porque rara vez responden al ideal que se había hecho una mujer acerca del hombre con el que desearía compartir el resto de su vida. La gracia y la magia de la conquista estriban en saber convertirte en ese hombre. O que al menos ella así lo crea.

—Pues a mí maldita la gracia que me hace la magia.

Esta situación es ridícula e impropia de alguien con dos dedos de frente, o sea que si vuelvo a verte, aquí o en cualquier otro lugar del mundo, te juro por la memoria de mis hermanas, que haré públicos todos los documentos que has firmado, y no me importará que te acosen y te maten como a un perro.

—¡Capaz te creo!

—¡Y capaz soy!

XVII

—He venido a despedirme.

—¿Y eso?

—Me he cansado de asustar porque ya asusté a demasiada gente en vida; no es digno de un soldado, y mal que me pese, siempre me he considerado un buen soldado.

—¿Y adónde irá?

—No tengo ni la menor idea; a los judíos nos hablan mucho de Dios, pero no especifican a qué tipo de paraíso iremos a parar, si es que llegamos a él. ¿Cómo se encuentra?

—Confuso.

—Con todas las cosas que le ocurren no me extraña.

—Pues no debería asombrarse, porque también le han ocurrido bastantes cosas sorprendentes.

—Desde luego, pero en mi caso no hay solución y mucho menos futuro... ¿Qué piensa hacer?

—Jamás hago planes porque sea quien sea el que decide, siempre me los chafa; lo único que quiero es ver crecer a mi hijo, confiando en que algún día esta maldición desaparezca y pueda disfrutar de una tranquila cena con mi esposa en un romántico restaurante. Nunca entenderé por qué jodida razón, con tantos como están ansiosos por destacar, tuvieron que elegir al menos apropiado.

El israelí le observó desconcertado mientras inquiría visiblemente sorprendido:

—¿Acaso no se siente orgulloso de lo que ha hecho?

—¿Orgulloso...? Me siento como el tipo que estaba observando cómo se ahogaba una mujer, le empujaron, la mujer se le agarró al cuello y no le quedó más remedio que nadar desesperadamente hacia el muelle. Le aclamaron como a un héroe, pero lo único que le preocupaba era recuperar sus zapatos; tan solo soy uno de esos falsos héroes descalzos.

—No estoy de acuerdo, aunque cada cual es libre de pensar lo que quiera sobre sí mismo. Por lo que a mí respecta, le admiro más por su cultura y su capacidad de razonar que por esos curiosos poderes que le han concedido y que tanto le incomodan.

—Siempre es de agradecer porque adquirir esa cultura me exigió años de esfuerzo, mientras que los poderes me los lanzaron como jarros de agua fría.

—¿Cuántos libros ha traducido?

—Supongo que doscientos y pico... Nunca he llevado la cuenta exacta.

—¿Alguno sobre el Mar Muerto?

—Que hable de él sí, pero ninguno que tratara el tema de una forma específica. ¿Por qué lo pregunta?

Ahora la respuesta del militar tardó en llegar bastante más de lo acostumbrado, como si abrigara serias dudas sobre lo que iba a decir:

—Porque hay algo que no me gustaría llevarme a la tumba, aunque no tengo ni la menor idea de dónde se encuentra mi tumba; hace un par de años me enviaron allí, con la misión de proteger a un grupo de científicos que estaban trabajando en un sistema que permitiría convertir los desiertos en auténticos vergeles.

—Mucha gente lo ha intentado y nadie lo ha conseguido. ¿En qué consistía esta vez?

El hombretón dudó, se encogió de hombros, se rascó la cabeza, gruñó por lo bajo como si con ello demostrara su malestar consigo mismo y, por fin, admitió visiblemente avergonzado:

—La verdad es que nunca lo entendí muy bien, pero tenía que ver con que el Mar Muerto evapora seis mil millones de litros de agua al día, poco más de medio litro por cada habitante del planeta. Se decía que habían desarrollado una técnica que les permitía recuperar parte de esa agua, y le llamaban Proyecto Ezequiel-Zacarías porque, al parecer, dichos profetas habían asegurado que una nueva vida que procedería del templo lo reviviría. Y no se referían al templo como lugar sagrado, sino como lugar de estudio.

—Eso de ser profeta a tres mil años vista suele ser buen negocio, porque nadie que te conozca está allí para echarte en cara que te has equivocado. Las profecías, como los yogures, deberían tener una fecha de caducidad no superior a tres semanas.

—Sin embargo, aquella gente parecía convencida de su éxito y no paraba de trabajar aunque se achicharrara.

—¿Y qué pasó?

—Dos murieron en un extraño accidente de automóvil, y sospecho que a otro lo envenenaron.

—¡Caray...!

—Yo me sentía culpable por no haber sabido protegerles, pero lo más desconcertante ocurrió cuando me ordenaron volver a la base porque se sentían tan amenazados que regresaron a sus países de origen y nunca regresaron.

—Curioso...

—Terrible, diría yo. ¿Por qué no intenta averiguar lo que ocurrió?

—¿Y quién se ha creído que soy? ¿Sherlock Holmes? Le recuerdo que no puedo moverme de mi casa sin provocar el caos y, por lo tanto, no tengo forma de llegar a un lugar tan lejano como el Mar Muerto.

—Pero tiene poderes y una piedra que le permite saber cuándo alguien miente. Prométame que lo intentará.

—Se lo prometo, pero al menos dígame a quién le tengo que preguntar.

—¿Y qué quiere que le diga? Yo ya estoy muerto.

—Excelente disculpa. Y muy original.

—Es la única que tengo.

—¡Ya lo veo, ya! Vivos o muertos todos pretenden que solucione sus problemas sin que nadie me eche una mano a la hora de solucionar los míos. ¿Le parece justo?

—Cuando a mi edad ya se está muerto todo parece injusto...

—Usted siempre tiene la respuesta oportuna.

—¡La pena es que no las supe tener en su momento...! ¡Adiós!

Se fue tal como solía hacerlo, con su aire marcial y su arma al hombro, como si realmente supiera adónde iba.

Cuando, dos horas más tarde, Claudia regresó del pueblo se encontró a su marido sentado en el pescante de la autocaravana, contemplando absorto cómo una suave brisa agitaba las copas de los árboles.

—¿Te ocurre algo?

Tal como suele suceder demasiado a menudo la respuesta fue otra pregunta:

—¿Sabías que el Mar Muerto evapora seis mil millones de litros de agua al día?

—¿Y cómo no, cielo...? Suele ser lo primero que me viene a la cabeza mientras me lavo los dientes: «Hay que ver cuánta agua evapora el maldito Mar Muerto.» ¿A qué viene semejante bobada?

—A que me gustaría saber si realmente existe algún sistema que pueda volver a transformar ese vapor en agua.

—¿Y eso qué tiene que ver contigo...?

—Simple curiosidad.

—¿Quieres volver a meterte en problemas?

—Meterse en problemas es como comer patatas fritas, cielo; cuando empiezas no hay forma de parar, por mucho que sepas que hacen daño y engordan.

Claudia soltó un reniego, se acuclilló ante él, y le aferró los brazos como si con ello intentara impedir que hiciera algo peligroso:

—¡Escucha, querido...! Sabes que te quiero, te admiro y te apoyo a la hora de llevar a cabo todo cuanto tienes la obligación de hacer, pero, por favor, no compliques más las cosas y deja en paz al Mar Muerto, que bien muerto está.

—¿Y si no lo está? ¿Y si existiera un modo de recuperar esa agua y a alguien no le interesa que se utilizase?

—¿Y por qué no le habría de interesar?

—Eso es lo que me gustaría saber.

—¡Dios Bendito! Ya empezamos.

Los soldados mauritanos les habían ayudado a colocar dos largas mesas bajo un sombrajo, y en cuanto don Teodomiro Quintero consideró que todo estaba a punto, Adelaida Perdomo permitió que el batallón de hambrientos se aproximara.

En primer lugar tomaron asiento los niños, detrás se acuclillaron las mujeres, y en las últimas filas se mantenían en pie los hombres, pese a que la ansiedad brillara en todos los rostros por igual.

La venezolana sudaba a chorros, no solo por los cuarenta grados de temperatura, sino sobre todo por unos casi invencibles nervios que impedían pensar con claridad.

Se sentía como la amarga mañana en que tuvo que pasar un examen de física y se quedó como una estatua al advertir que los catedráticos estaban más pendientes de sus rotundos pechos, que de sus casi inaudibles palabras, y que al mirarle a la boca no reparaban sobre lo que salía de ella, sino que imaginaban lo que podría penetrar en ella.

Habían pasado diecisiete años desde el nefasto día en que la aprobaron por verla y no por escucharla, y habían sido necesarios todo el amor y comprensión del paciente Spencer a la hora de hacerle comprender que conseguía expresarse muy bien, pese a que hubiera hombres cerca.

Allí había muchos, y al parecer bastante insatisfechos.

Debido a ello tan solo se decidió a iniciar su pequeño discurso cuando don Teodomiro le animó guiñándole un ojo, y lo hizo muy despacio, con el fin de ir ganando confianza mientras la doctora belga, una auténtica políglota, traducía sus palabras.

Empezó intentando explicar de la manera más sencilla posible en qué consistían los alimentos que iba a proporcionarles, pero no tardó en comprender que unos seres casi a punto de desfallecer no necesitaban conocimientos culinarios, sino llenar cuanto antes sus estómagos.

Hizo por tanto un gesto a cuantos la habían ayudado a organizar el improvisado comedor, que fueron extrayendo de uno de los recipientes, que descansaban sobre las mesas, bolas de la masa espesa y compacta de color tostado.

Tomó una, la mordió y permitió que su contenido se disolviese sobre la lengua, deslizándose garganta abajo.

Cuantos la imitaron parecían mucho más interesados en tragar que en deleitarse, por lo que engulleron la pasta a toda prisa, aunque pronto resultó evidente que no solo cumplía su cometido de alimentar, sino que además gustaba.

Fredo Martini fue el primero en reconocerlo:

—¡O yo tenía un hambre canina, o esto está muy bueno! ¿Qué es?

—Maíz tostado, molido y amasado con pedacitos de almendra; se llama gofio. Ese otro es de trigo, igualmente tostado, y amasado con plátanos machacados. Y también lo hemos traído con nueces y cacahuetes.

—Parece muy alimenticio. ¿Tenemos derecho a un poco más?

—Naturalmente, pero de otra forma, porque nadie subsiste mucho tiempo a base de masa fría.

—Pues le advierto que aquí no tenemos con lo que calentar ni un triste vaso de leche.

—Sí que lo tienen, porque en este desierto, además de arena, hay un sol que raja las piedras desde que amanece hasta el atardecer, pero nunca les han proporcionado los medios adecuados para utilizarlo. Por favor, don Teodomiro, tráigame una bandeja.

El bigotudo sonrió como el gato que se ha comido al ratón, desapareció, pero regresó al poco portando en las manos, protegidas con trapos, una bandeja metálica muy negra y lustrosa, mientras advertía como si se tratara de un camarero apresurado:

—¡Cuidado que quemo!

Adelaida Perdomo le lanzó un sonoro beso al tiempo que le indicaba a la traductora:

—Y ahora ruegue a todos que presten mucha atención, porque lo que les voy a decir es importante y tienen que aprender a hacerlo bien. La masa que contienen estos otros cuatro recipientes es igual de compacta que la que han comido, pero ligeramente más aceitosa, debido a que cada una de ellas se ha amasado a base de caldo de carne, pollo, verduras o pescado...

Extrajo un poco de pasta del que tenía más cerca y comenzó a manosearla, dividirla, alisarla y darle forma hasta dejarla convertida en tres pequeñas tortas circulares y muy delgadas, al tiempo que señalaba:

—Si las extendemos sobre una de estas bandejas que haya estado más de una hora al sol, el metal se habrá calentado lo suficiente como para tostarlas por un lado, y si a continuación les damos la vuelta, las tostará por el otro, porque por estas latitudes el sol hace muy bien su trabajo.

Con ayuda de un cuchillo, fue volteando y sacando las tortitas una por una con el fin de entregárselas a los críos que estaban en primera fila, y que casi no daban crédito a lo que estaban viendo.

El aire se había impregnado de un leve aroma a pollo asado, por lo que la doctora no pudo por menos de exclamar:

—¡Parece un milagro!

Don Teodomiro intervino negando:

—Los milagros los hace Dios; esto no es más que una forma de aprovechar los medios que ha puesto a nuestro alcance, sustituyendo el fuego por calor. Mi esposa no cocina con gas, sino con una placa de vitrocerámica, que en cierto modo es parecida.

Pese a continuar sudando a mares, Adelaida Perdomo parecía sentirse tan feliz y relajada que no pudo por menos de revolverle la encrespada melena a la chicuela que se sentaba casi a sus pies, al señalar:

—Hemos traído muchas bandejas, y lo único que tienen que hacer es dejarlas al sol, sacudiéndoles de tanto en tanto la arena. A medida que se calientan las utilizan y las vuelven a utilizar en cuanto se vuelvan a calentar, cocinando cualquier cosa comestible que tengan a mano, desde lo que hayamos proporcionado a huevos o...

Fue en ese justo momento cuando un barbudo de largo cuello, ojos saltones y voz cavernosa avanzó, apartando sin miramientos a cuantos se oponían a su paso, mientras tronaba indignado:

—¡Eso es pecado!

—¿Cómo ha dicho?

—He dicho que es pecado, y la maldición de Alá caerá sobre quienes incumplan sus leyes, que serán arrojados a las llamas del infierno.

Extendió el brazo señalando en un gesto de claros tintes apocalípticos a cuantos le rodeaban:

—Como ulema y guía espiritual del campamento, os prohíbo el consumo de alimentos destinados a emponzoñar vuestros cuerpos y corromper vuestras almas.

Una mujeruca que se encontraba a menos de dos metros de distancia alzó la mano amenazando con propinarle un bofetón, a la par que le espetaba sin el menor reparo:

—¡Eh, tú, pedazo de avestruz, que tienes los huevos demasiado grandes y la cabeza demasiado pequeña! Yo no soy musulmana y, por lo tanto, no voy a permitir que mis hijos pasen hambre porque te salga de tan piojosa barba. Si no quieres ir al infierno es cosa tuya, pero yo comeré lo que me den porque ya he visto a demasiada gente morir de hambre.

—Más vale morir de hambre que en pecado.

—Peor debe ser morir de hambre y en pecado, y como tengo tres hijos de padres diferentes, ya he pecado lo suficiente como para condenarme.

—Sufrirás el peor de los castigos y te lapidaremos por fornicadora.

Ahora fue un airado beduino quien se enfrentó abiertamente al barbudo, inquiriendo furioso:

—¿Acaso intentas imponer la sharía en el país que te ha acogido cuando vagabas muerto de miedo y sed por el desierto? ¿Acaso eres uno de esos malditos fanáticos, hijo de puta?

—No soy ningún fanático.

—Pero sí un hijo de puta.

Se organizó un desmedido alboroto; un guirigay incomprensible puesto que la mayoría de los participantes se amenazaba e insultaba en media docena de idiomas o dialectos, a tal extremo que el cabo mauritano se vio obligado a extraer su arma y disparar al aire, advirtiendo que la siguiente bala iría dirigida a quien osara abrir la boca.

Era un hombre rudo, acostumbrado a tomar decisiones en una frontera en la que a menudo tenía que enfrentarse a contrabandistas, bandidos o extremistas, por lo que no tardó en conseguir que se calmaran los ánimos lo suficiente como para inquirir:

—A ver, tú, el que se considera jefe espiritual de un campamento en el que los únicos que mandan somos el doctor y yo. ¿Qué te hace pensar que esos alimentos corromperán nuestros cuerpos y nuestras almas?

—Que el Corán especifica que quien coma cerdo irá al infierno.

—Nada contiene cerdo, porque nos advirtieron que aquí la mayoría de la población es musulmana.

—¿Y por qué habría de confiar en la palabra de una mujer?

Adelaida Perdomo se esforzó por mantener la calma y no tirarle la bandeja a la cabeza a quien osaba llamarla mentirosa, pero fue la traductora, que al parecer conocía muy bien las costumbres locales, la que intervino argumentando con sorprendente calma:

—¡De acuerdo...! ¿O sea que se trata de los cerdos?

—El simple hecho de tocarlos ya es pecado.

—Lo sé; y también sé que los ulemas son hombres santos, dotados de un gran olfato que les permite descubrir cuándo hay cerdo en los alimentos o alcohol en las bebidas. Si en verdad eres uno de esos hombres elegidos por Dios, señálanos dónde está el cerdo, pero recuerda que el doctor Martini tiene muy buen olfato, y si intentas engañarle te expulsará del campamento por desagradecido y mentiroso.

El «pedazo de avestruz» sabía muy bien que ser expulsado del campamento significaba morir de sed en los arenales del oeste o caer en manos de los yihadistas del este, por lo que pareció a punto de darse por vencido, aunque evidentemente era un hombre de recursos, ya que al poco puntualizó:

—No es necesario buscar dónde hay cerdo porque esos alimentos contienen carne, y nadie nos garantiza que las vacas, cabras, corderos o pollos hayan sido degollados tal como impone el Corán, mirando hacia La Meca. Por lo tanto, consumir todo lo que tenga algún tipo de carne también es pecado.

La venezolana chasqueó la lengua molesta, inclinó

a un lado la cabeza, como si de ese modo pudiera observar mejor a quien tanto incordiaba, y por último inquirió con una aviesa sonrisa que obligaba a sospechar sobre sus malignas intenciones:

—¿Te tranquilizaría ver con tus propios ojos cómo esos animales son degollados siguiendo las indicaciones del Corán?

—Desde luego.

—¿Y no volverías a poner ningún impedimento?

—Ninguno.

—Pues en ese caso te llevaré adonde los sacrifican, y te garantizo que te gustará, porque encontrarás allí a muchos amigos.

—¿Y dónde es?

—En Guantánamo.

La sola mención de la temida base militar en que el ejército americano encerraba a los islamistas pareció ejercer un efecto mágico, el barbudo dio un paso atrás, se estremeció como si una corriente de alto voltaje le hubiera atravesado de punta a punta, y acabó por rechazar de plano la generosa invitación:

—¡No es necesario! Confío en tu palabra.

—¡Bien! En ese caso continuaré con lo que estaba haciendo porque aún queda un detalle de la máxima importancia.

Alzó la bandeja mostrándola para que todos pudieran verla bien; era redonda, de unos treinta centímetros de diámetro, y toda ella circundada por un reborde de aproximadamente dos dedos de alto, en el que se podía distinguir un único agujero.

—Durante el día la utilizaréis para cocinar, pero por la noche deberéis limpiarla con un trapo y dejarla al raso, ligeramente inclinada en este ángulo, no más de una cuarta entre la parte más alta y la más baja.

Hizo una pausa mientras la doctora traducía sus palabras, observando la reacción de los nativos con el fin de comprobar que entendían perfectamente sus instrucciones:

—En la parte inferior, debajo del agujero, colocaréis un recipiente, y al amanecer, con el brusco descenso de las temperaturas, las gotas de rocío se depositarán sobre la bandeja, deslizándose hasta el agujero para acabar en el recipiente. Os proporcionaremos muchas bandejas, por lo que en ocasiones encontraréis bastante agua; otras no tanta, pero sea la que sea no estará contaminada y podréis mezclarla con leche en polvo sin miedo a que los niños enfermen. Y si esperáis un rato con la bandeja al sol, calentaréis esa leche.

El doctor Martini, que permanecía tan atento y sorprendido como el resto de los asistentes, no pudo por menos de exclamar:

—¡*Santa Madonna!* Bandejas de metal negro con un agujero en el borde que por el día hacen las veces de cocina y por la noche recogen el rocío. ¡Qué simple...! ¡Y qué práctico!

—Lo más simple suele ser lo más práctico.

—¿Y cómo es que no se le había ocurrido antes a nadie?

—Quizá porque lo más obvio es lo que más tarda en verse.

Levantó la vista del libro y observó cómo su hijo le lanzaba la pelota a otro niño, que se la devolvía riendo.

Aquel niño y su madre acudían a diario, jugaban un rato con el crío y desaparecían. Nadie más los veía, pero jamás hizo comentario alguno, pues no era cuestión de alarmar a Claudia advirtiéndole que su hijo se relacionaba con seres que no existían, o que, de existir, se encontraban a miles de kilómetros de distancia.

Eran cosas que se arreglaban con el tiempo.

O empeoraban.

Fuera de un modo u otro, la presencia de la mujer y el niño le servía para comprobar que Parker estaba haciendo bien las cosas, sus esfuerzos comenzaban a dar resultado y al Sahel iban llegando cada vez más bandejas, así como toneladas de nuevos alimentos que los científicos habían conseguido que resultaran comestibles durante largo tiempo

Con eso le bastaba.

Los hombres aspiraban a que lloviera lo justo, en el momento justo y el lugar apropiado, y cabría imaginar que aún no habían aprendido que no eran polvo que volvería a convertirse en polvo, sino agua que volvería a convertirse en agua, y que esa agua dotada de vida propia no solo había que buscarla en ríos y lagos, sino en cada diminuta gota, por oculta que se encontrara.

En un primer momento los eternos escépticos acostumbrados a rechazar ideas que no fuera propias —pese a que por lo general carecían de ideas propias— habían puesto en duda que un alimento que había sido utilizado durante cientos de años por millones de personas de culturas muy diferentes, pudiera ser «recuperado y mejorado» con el fin de luchar contra catástrofes humanitarias de incalculables proporciones. Para ellos, todo cuanto abandonara los cauces establecidos carecía de validez, por mucho que se hubiera demostrado que esos cauces establecidos tan solo conducían al fracaso, puesto que tal como pregonaba el inefable *Manual de las derrotas*:

Para la mayoría de los políticos, un fracaso consensuado es preferible a un éxito en solitario, debido a que el fracaso se diluye entre muchos, mientras que el éxito beneficia a uno solo, que acaba haciendo sombra al resto.

Otros de los eternos escépticos dudaron de la viabilidad de un sistema basado en algo tan simple como una bandeja con un agujero, hasta que un experimentado submarinista les recordó que en el fondo tenía bastante en común con los reguladores de presión de las escafandras autónomas.

Durante la Segunda Guerra Mundial, el comandante Jacques-Ives Cousteau y su compañero Émile Gagnan habían diseñado lo que parecía una rudimentaria cacerola dividida por la mitad por una membrana de goma totalmente hermética. Un único lado de dicha «cacerola» tenía agujeros, lo que hacía que cuando se sumergía la presión de agua fuera curvando la goma, que por su parte inclinaba una palanca que proporcionaba aire comprimido de acuerdo con la profundidad alcanzada. Al ascender, la presión exterior del agua disminuía y la goma regresaba a su posición original.

Un concepto tan simple, aprovechar la presión del agua dependiendo de su profundidad, sirvió para abrirle a la humanidad las puertas del mundo submarino que le había estado vedado durante siglos.

Todos los descubrimientos, exploraciones y adelantos científicos que se consiguieron a partir de aquel momento bajo la superficie del mar, y que superaron en mucho a cuantos se habían logrado a lo largo de la historia, tuvieron su origen en aquella sencilla cacerola con agujeros, «El regulador Cousteau-Gagnan», y quería suponer que, tal vez, con el paso del tiempo, una simple bandeja con un simple agujero evolucionaría de igual forma, contribuyendo a erradicar el hambre en algunas regiones del planeta.

La experiencia demostraba que a menudo lo importante no era encontrar un camino y recorrerlo a solas, sino compartirlo con cuantos fueran capaces de descubrir nuevos ramales que contribuyeran a ampliar sus horizontes.

Probablemente Dan Parker y su odiosa agencia se apuntarían el éxito, de la que, no sabía por qué, había sido denominada Operación Adelaida, pero eso no era algo que le mortificara, porque siendo como era un concienzudo traductor, sabía mejor que nadie que no había nacido para recibir honores ni colgarse medallas.

Al fin y al cabo lo que seguía haciendo era «traducir» a un lenguaje comprensible las instrucciones que recibía.

Le hubiera gustado ver la cara de quienes pasaban tantas miserias y descubrían de improviso que existía un modo de conseguir que no fueran tan acusadas, pero se conformaba con imaginarse la escena y confiar en que se repitiera a todo lo largo y ancho de un continente que parecía condenado a soportar infinitas penalidades.

Recordó la frase que tanto le había impresionado

cuando comenzó a leer el extraño relato de autor desconocido:

Fuera de este bendito valle, millones de personas mueren de sed mientras a nosotros nos sobra agua; fuera de este bendito valle, millones de personas mueren de hambre mientras a nosotros nos sobra maíz. Pero como viven muy lejos y no podemos enviarles agua o maíz, debemos enviarles nuestra piedra.

Aquel supremo ejemplo de solidaridad y amor al prójimo, renunciando a cuanto más amaban con el fin de aliviar los sufrimientos de gentes a las que nunca habían visto ni verían jamás, le había ayudado a comprender la grandeza del anonimato, y que entraba dentro de lo posible que hubiera sido elegido para llevar a cabo titánicas tareas por su sincero amor a pasar desapercibido.

Revivió cuanto le había sucedido durante los últimos meses, y no pudo por menos de recordar al admirable hombretón uniformado que tantos buenos y malos ratos le había hecho pasar.

Todos sus esfuerzos por averiguar su identidad habían resultado baldíos, nadie parecía saber quién había sido en vida ni cuál había sido por tanto su final, pero en el transcurso de la investigación, un miembro de la embajada española en Tel Aviv recordó que, tiempo atrás, se había hablado mucho de un grupo de científicos que estaban estudiando la posibilidad de recuperar parte del agua que evaporaba el Mar Muerto.

Desgraciadamente, la curiosa intentona había acabado en «agua de borrajas», y tan solo un ingeniero jordano había vuelto a hablar del tema.

—¿Sabe su nombre?

—No lo recuerdo, pero puedo averiguarlo, aunque tengo entendido que falleció hace unos meses.

Resultaba evidente que si había fallecido nada podría aclarar sobre el Proyecto Ezequiel-Zacarías, pero le había prometido a un amigo muerto, o quizá sería mejor decir a un «muerto amigo», que intentaría averiguar cuanto pudiera.

En ocasiones le amargaba suponer que tanto el militar israelí como la mujer sudanesa y su hijo tan solo fueran frutos de su imaginación, pero le consolaba reconocer que el árbol que producía tales frutos merecía ser regado.

Las mentes enfermas solían crear monstruos, pero quienes le ayudaron a seguir adelante no eran monstruos, sino seres humanos que, vivos o muertos, se preocupaban por el resto de los seres humanos.

Cristina era de igual modo uno de los frutos de ese árbol, y un fruto tan prodigioso, que una semana antes le había aferrado la mano suplicando:

—Dame fuerzas porque voy a necesitarlas.

—¿Para algo en especial?

—Me voy a Sierra Leona.

—¿Y qué diablos piensas hacer en Sierra Leona?

—Lo único que sé hacer; cuidar enfermos.

—Cuidar enfermos de Ébola no es lo mismo que cuidar enfermos de cáncer, cielo; te arriesgas mucho.

—Por eso necesito toda la fuerza que puedas proporcionarme.

—Lo haré si me cuentas de qué huyes.

—No huyo; voy adonde me necesitan.

Le besó la frente como muestra de su inmenso cariño al insistir:

—Huyes de algo, de alguien o de ti misma, lo sé. Recuerda quién soy y que tengo una piedra que delata a quien miente; dime la verdad... ¿De qué huyes?

ALBERTO VÁZQUEZ-FIGUEROA
Madrid, octubre de 2014

NOTA DEL AUTOR

En las zonas costeras del Sahel, que suman unos tres mil kilómetros, cualquier pescado que se coloque el tiempo suficiente bajo una de esas bandejas colocada al revés acabará asado «al horno».

Las costas de Chile y Perú son desérticas y sin combustible, pero muy ricas en sol, en pesca... Y en rocío.